| 16 | 3  | 2  | 13 |
|----|----|----|----|
| 5  | 10 | 11 | 8  |
| 9  | 6  | 7  | 12 |
| 4  | 15 | 14 | 1  |

Coleção LESTE

A. P. Tchekhov

TRÊS ANOS

*Tradução, posfácio e notas*
*Denise Sales*

editora 34

EDITORA 34

Editora 34 Ltda.
Rua Hungria, 592 Jardim Europa CEP 01455-000
São Paulo - SP Brasil Tel/Fax (11) 3811-6777 www.editora34.com.br

Copyright © Editora 34 Ltda., 2013
Tradução © Denise Sales, 2013

A FOTOCÓPIA DE QUALQUER FOLHA DESTE LIVRO É ILEGAL E CONFIGURA UMA
APROPRIAÇÃO INDEVIDA DOS DIREITOS INTELECTUAIS E PATRIMONIAIS DO AUTOR.

Título original:
*Tri goda*

Imagem da capa:
*Paul Cézanne*, Retrato de madame Cézanne, c. 1877,
óleo s/ tela, 26 x 31 cm, coleção particular, Suíça (detalhe)

Capa, projeto gráfico e editoração eletrônica:
*Bracher & Malta Produção Gráfica*

Preparação:
*Elena Vasilevich*

Revisão:
*Cecília Rosas, Cide Piquet*

1ª Edição - 2013, 2ª Edição - 2018

CIP - Brasil. Catalogação-na-Fonte
(Sindicato Nacional dos Editores de Livros, RJ, Brasil)

Tchekhov, A. P., 1860-1904
T251t     Três anos / A. P. Tchekhov; tradução,
posfácio e notas de Denise Sales — São Paulo:
Editora 34, 2018 (2ª Edição).
160 p. (Coleção Leste)

Tradução de: Tri goda

ISBN 978-85-7326-531-6

1. Literatura russa. I. Sales, Denise.
II. Título. III. Série.

CDD - 891.73

TRÊS ANOS

Três anos ................................................................... 7

*Posfácio da tradutora* ................................................ 137

I

Ainda estava escuro, em algumas casa, aqui e ali, já brilhavam luzes, e, no final da rua, por detrás da caserna, uma lua pálida começava a se erguer. Láptiev, sentado num banco perto do portão, esperava o final das vésperas na igreja de Pedro e Paulo. Contava com que Iúlia Serguéievna, voltando das vésperas, viesse por ali, e então ele puxaria conversa e talvez passasse a noite toda com ela.

Já estava sentado há mais ou menos uma hora e meia, e sua imaginação, nesse tempo, desenhava a casa em Moscou, os amigos moscovitas, o criado Piotr, a escrivaninha; com perplexidade, ele lançava olhares às árvores escuras e imóveis, e parecia-lhe estranho que agora estivesse morando não na datcha, em Sokólniki, mas numa cidade de província, numa casa à frente da qual todo dia, de manhã e no final da tarde, tangiam um grande rebanho, erguendo nuvens pavorosas de poeira e tocando corneta. Ele lembrava as longas conversas em Moscou, de que participara havia tão pouco tempo: conversas em que diziam ser possível viver sem amor, que o amor apaixonado é uma psicose, que afinal não existe amor nenhum, existe apenas a atração física entre os sexos e tudo o mais nesse gênero; ele lembrava isso e pensava com tristeza que, se agora lhe perguntassem o que é o amor, não saberia o que responder.

As vésperas terminaram, o povo começou a sair. Láptiev, tenso, examinava as figuras escuras. Já tinham levado o arcipreste numa sege, já tinham parado de tocar os sinos, e, no campanário, uma após a outra, apagavam-se as luzes vermelhas e verdes: era a iluminação especial do feriado religioso, mas o povo continuava saindo, sem pressa, conversando, parando sob as janelas. E eis que, afinal, Láptiev ouviu uma voz familiar, o seu coração começou a bater com força, e, como Iúlia Serguéievna não estava sozinha, mas com duas damas desconhecidas, ele foi tomado pelo desespero.

"Isso é péssimo, péssimo!", resmungou ele, com ciúmes. "Isso é péssimo!"

Na esquina de uma viela, ela parou para se despedir das damas e, nesse momento, viu Láptiev.

— Estou indo para a sua casa — disse ele. — Preciso conversar com o seu pai. Ele está?

— Deve estar — respondeu ela. — Ainda é cedo para ir ao clube.

A viela era um verdadeiro jardim; junto das cercas cresciam tílias, que agora, sob a lua, lançavam uma sombra tão ampla que as cercas e os portões de um lado mergulhavam completamente na escuridão, ouvia-se de lá um sussurro de vozes femininas, um riso contido, e alguém tocava uma balalaica baixinho, baixinho. Cheirava a tília e a feno. Esse cheiro e o sussurro das pessoas que ele não via irritavam Láptiev. De repente, veio-lhe uma vontade de abraçar apaixonadamente a moça ao seu lado, salpicar de beijos o seu rosto, as mãos, ombros, desatar a chorar, cair a seus pés, contar que esperara por ela longamente. Exalava dela um cheiro de olíbano[1] suave, quase imperceptível, e isso o fez lembrar o tempo em que também tinha fé em Deus, ia às vésperas e sonhava muito com um amor puro e poético. E uma vez que essa moça não o amava, agora lhe parecia que a possibilidade daquela felicidade, com a qual sonhara então, estava perdida para sempre.

---

[1] Resina aromática muito usada na Igreja Ortodoxa. (N. da T.)

Ela falava com zelo da saúde de Nina Fiódorovna, irmã dele. Uns dois meses antes, a sua irmã extraíra um câncer, e agora todos esperavam uma recaída da doença.

— Passei na casa dela hoje de manhã — disse Iúlia Serguéievna —, acho que, nessa semana, não se pode dizer que ela emagreceu, mas empalideceu.

— Sim, sim — concordou Láptiev. — Não há recidiva, mas a cada dia eu noto que ela vai ficando mais e mais fraca, vai murchando diante de meus olhos. Não consigo entender o que há com ela.

— Meu Deus, como ela era saudável, gordinha, rosada! — disse Iúlia Serguéievna após um minuto de silêncio. — Aqui todos a chamavam de moscovita. Como gargalhava! Nas festas, fantasiava-se de moça simples, e isso combinava muito com ela.

O médico Serguei Boríssitch estava em casa; corpulento, rosado, com uma sobrecasaca longa, abaixo do joelho, que fazia suas pernas parecerem curtas; andava pelo gabinete de um canto a outro, com as mãos enfiadas nos bolsos, e cantarolava à meia-voz: "ru-ru-ru-ru". As suíças grisalhas estavam desgrenhadas, os cabelos despenteados, como se tivesse acabado de se levantar da cama. E o seu gabinete, com almofadas nos sofás, com pilhas de papéis velhos nos cantos e um *poodle* sujo e doente debaixo da mesa, produzia impressão tão desgrenhada e descuidada como a dele próprio.

— *Monsieur* Láptiev quer vê-lo — disse-lhe a filha, entrando no gabinete.

— Ru-ru-ru-ru — começou a cantarolar ainda mais alto e, voltando-se para a sala, estendeu a mão a Láptiev e perguntou: — O que conta de bom?

Estava escuro na sala. Láptiev, sem se sentar e com o chapéu nas mãos, começou a pedir desculpas pelo incômodo; perguntou o que fazer para que a irmã dormisse à noite e por que ela estava emagrecendo tão terrivelmente, e incomodava-o a sensação de que parecia já ter feito essas mesmas perguntas na hora da visita matinal de hoje.

— Diga-me — pediu ele. — Será que não devíamos chamar de Moscou algum especialista em doenças internas? O que o senhor acha?

O médico suspirou, ergueu os ombros, e fez com as duas mãos um gesto indeterminado.

Era visível que se ofendera. Era um médico extraordinariamente sucetível, impressionável, ao qual sempre parecia que não acreditavam nele, que não o reconheciam e não o respeitavam o bastante, que o público o explorava e os colegas relacionavam-se com ele de má vontade. Ria de si próprio o tempo todo, dizia que bobos como ele eram criados apenas para que o público montasse neles.

Iúlia Serguéievna acendeu a luz. Esgotara-se na igreja, e isso estava visível em seu rosto pálido e lânguido, no caminhar bambo. Ela queria descansar. Sentou-se no sofá, colocou as mãos sobre os joelhos e ficou pensativa. Láptiev sabia que não era um homem bonito, e agora lhe parecia até poder sentir no corpo a própria feiura. Era de estatura baixa, magro, de faces avermelhadas e os cabelos já rareavam muito, de modo que a cabeça gelava. Na sua expressão não havia nada daquela simplicidade elegante que faz até rostos feios e grosseiros parecerem simpáticos; encontrando-se entre mulheres, era inábil, falador demais, afetado. E agora quase se desprezava por isso. Para Iúlia Serguéievna não se entediar na sua presença, era preciso falar. Mas de quê? De novo da doença da irmã?

Então começou a falar sobre medicina aquilo que habitualmente falam dela, elogiou a higiene e disse que há muito queria abrir em Moscou um albergue noturno e que até já tinha um orçamento. De acordo com seu plano, o trabalhador, chegando à noite ao albergue, por cinco ou seis copeques receberia uma porção quente de sopa de repolho e pão, uma cama quente e seca com cobertor e um lugar para secar a roupa e os sapatos.

Iúlia Serguéievna costumava se calar na sua presença, e ele, estranhamente, talvez por intuição de apaixonado, adivinhava os seus pensamentos e intenções. E agora lhe vinha à mente que se, após as vésperas, ela não fora se trocar e tomar chá, então isso queria dizer que hoje à noite ainda ia visitar alguém.

— Mas eu não tenho pressa em montar o albergue — continuou, já irritado e exasperado, dirigindo-se ao médico, que olhava para ele de modo um tanto opaco, com perplexidade, visivelmente sem compreender a necessidade de começar uma conversa sobre medicina e higiene. — Provavelmente não será logo que usarei meu orçamento. Receio que o nosso albergue noturno caia nas mãos de santarrões e senhoras filantropas, que arruínam todo bom começo.

Iúlia Serguéievna ergueu-se e estendeu a mão a Láptiev.

— Desculpe — disse ela —, tenho de ir. Lembranças à sua irmã, por favor.

— Ru-ru-ru-ru — começou a cantarolar o médico. — Ru-ru-ru-ru.

Iúlia Serguéievna saiu, e Láptiev daí a pouco se despediu do médico e foi para casa. Quando a pessoa está insatisfeita e infeliz, que vulgaridade não sente exalar dessas tílias, sombras, nuvens, de todas essas belezas da natureza, cheias de si e indiferentes! A lua ia alta, e sob ela corriam nuvens rápidas. "Mas que lua ingênua e provinciana, que nuvens mirradas, pesarosas!", pensou Láptiev. Sentia-se envergonhado por ter acabado de falar de medicina e do albergue noturno, horrorizava-se ao pensar que no dia seguinte não teria bastante caráter e de novo tentaria vê-la e falar com ela e ainda outra vez se convenceria de que era um estranho para ela. E depois de amanhã, a mesma coisa. Para quê? Quando e como tudo isso terminaria?

Em casa, foi ver a irmã. Nina Fiódorovna ainda tinha uma aparência robusta e dava a impressão de ser uma mulher forte, de boa compleição, mas a aguda palidez a fazia parecida com uma morta, principalmente quando, como agora, ficava deitada de costas, de olhos fechados; a seu lado estava a filha mais velha, Sacha,[2] de dez anos, lendo para ela algo da crestomatia.

— Aliocha[3] chegou — arrastou a doente baixinho, para si mesma.

Entre Sacha e o tio há muito havia um acordo silencioso: revezavam entre si. Então Sacha fechou a crestomatia e, sem dizer nem uma palavra, saiu em silêncio do quarto. Láptiev pegou na cômoda um romance histórico, procurou a página de que precisava, sentou-se e começou a ler em voz alta.

Nina Fiódorovna era natural de Moscou. A infância e a juventude dela e dos dois irmãos tinham se passado na rua Piátnitskaia, na casa da sua família de comerciantes. Uma infância longa, enfadonha; o pai agia severamente e até castigou-a com açoites umas três vezes; a mãe teve uma doença longa e morreu; a criadagem era suja, grosseira e fingida; com frequência, recebiam a visita de popes e monges, também grosseiros e fingidos; bebiam, petiscavam, bajulavam grosseiramente o pai, de quem não gostavam. Os meninos tiveram a sorte de entrar no ginásio, mas Nina continuou ali, sem estudos, a vida toda escreveu em garranchos e lia apenas romances históricos. Uns dezessete anos antes, quando tinha 22 anos de idade, na datcha em Khimki, ela conheceu o atual marido, Panaúrov, proprietário de terras; apaixonou-se e casou com ele, contra a vontade do pai, em segredo. Panaúrov, um homem bonito, um pouco arrogante, que acendia o ci-

---

[2] Hipocorístico de Aleksandra. (N. da T.)

[3] Hipocorístico de Aleksei. (N. da T.)

garro na vela dos ícones e volta e meia assobiava, pareceu ao pai dela uma nulidade, e quando o genro, mais tarde, começou a mandar cartas, exigindo um dote, o velho escreveu à filha que estava enviando para a aldeia casacos de pele, prataria e outras coisas que restaram após a morte da mãe e trinta mil em dinheiro, mas sem a sua benção. Depois mandou ainda mais vinte mil. Esse dinheiro e o dote foram gastos, a propriedade foi vendida, e Panaúrov mudou-se com a família para a cidade e começou a trabalhar numa instituição do governo. Na cidade, arranjou outra família, e isso todo dia provocava muitas conversas, uma vez que a família ilegal vivia às claras.

Nina Fiódorovna adorava o marido. E agora, ouvindo o romance histórico, pensava nas dificuldades que enfrentara, em quanto sofrera o tempo todo e que, se alguém descrevesse a sua vida, então sairia alguma coisa muito lamentosa. Como o tumor era na mama, ela tinha certeza de que adoecera de amor, por causa da vida familiar, e que o ciúme e as lágrimas eram a razão de estar de cama.

Mas eis que Aleksei Fiódoritch fechou o livro e disse:

— Fim, graças a Deus. Amanhã começaremos outro.

Nina Fiódorovna começou a rir. Ela sempre tinha sido de riso fácil, mas agora Láptiev começava a notar que, por causa da doença, de tempos em tempos a sua cabeça fraquejava, e então ela ria de mínimas bobagens e até sem motivo.

— Quando você estava fora, antes do almoço, veio aqui a Iúlia — disse ela. — Pelo que pude ver, ela não confia muito no paizinho. "Deixe que meu pai trate a senhora", disse ela, "mas, de qualquer modo, às escondidas, escreva a um monge santo, peça-lhe que reze pela senhora." Há um deles por aqui. Iúlitchka[4] esqueceu a sombrinha no meu quarto, mande-a para ela amanhã — continuou, depois de calar-se

---

[4] Hipocorístico de Iúlia. (N. da T.)

um pouco. — Não adianta, quando chega o fim nada ajuda, nem médico, nem santo.

— Nina, por que você não dorme à noite? — perguntou Láptiev, para mudar de assunto.

— Não sei. Não durmo e pronto. Fico deitada, pensando.

— Pensando em quê, querida?

— Nos filhos, em você... na minha vida. Pois, eu, Aliocha, passei por muita coisa. Quando você começa a lembrar, quando começa... Meu Deus do céu! — Ela riu. — Não é brincadeira, dei à luz cinco vezes, enterrei três... Acontecia de chegar a hora do parto, e o meu Grigori Nikoláitch, naquela hora, estar na casa da outra, não havia ninguém para chamar a parteira ou alguma outra mulher, eu ia até a porta ou à cozinha procurar um criado, estavam lá os judeus, comerciantes, usurários, esperando-o voltar para casa. A minha cabeça rodava... Ele não me amava, embora não dissesse isso. Agora já me aquietei, o coração ficou mais leve, mas antes, quando era mais nova, isso me ofendia, ofendia, ai, como me ofendia, meu pombinho! Certa vez, isso foi ainda na aldeia, peguei-o no jardim com uma dama, fui embora... fui embora sem rumo e, não sei como, quando vi estava no adro, caí de joelhos, "Virgem Maria!", eu disse. E na rua anoitecia, a lua brilhava...

Ela ficou esgotada, começou a arquejar; depois de descansar um pouco, segurou a mão do irmão e continuou com voz fraca e sussurrada:

— Como você é bom, Aliocha... Como é inteligente... que homem bom você saiu!

À meia-noite, Láptiev despediu-se dela e, ao sair, levou consigo a sombrinha esquecida por Iúlia Serguéievna. Na copa, apesar da hora avançada, os criados, homens e mulheres, tomavam chá. Que falta de ordem! As crianças não dormiam, estavam ali também, na copa. Eles conversavam baixinho, à meia-voz, e não notavam que o lume se anuviava e logo ia se apagar. Todas aquelas pessoas, grandes e pequenas, inquietavam-se por causa de uma série de sinais desfavoráveis, e havia um abatimento geral: o espelho da entrada se quebrara, o samovar apitava todo dia e, como se de propósito, agora também estava apitando; contavam que, dos sapatos de Nina Fiódorovna, quando ela fora se vestir, saltara um rato. E o terrível significado de todos os sinais já era do conhecimento das meninas: a mais velha, Sacha, uma moreninha magrinha, estava sentada à mesa, imóvel, o rosto assustado e horrorizado, enquanto a mais nova, Lida,[5] de sete anos, bem loirinha, estava ao lado da irmã e olhava o fogo, de cabeça baixa.

Láptiev desceu para a sua parte da casa, no andar inferior, com cômodos de teto baixo, onde constantemente cheirava a gerânio e era sempre abafado. Ali na sala, estava sentado Panaúrov, marido de Nina Fiódorovna, lendo um jornal. Láptiev fez-lhe um sinal de cabeça e sentou-se em frente. Os dois ficaram imóveis, calados. Algumas vezes, passavam noites inteiras em silêncio, e esse silêncio não os constrangia.

As meninas desceram para se despedir. Panaúrov, calado, sem pressa, fez-lhes o sinal da cruz algumas vezes e deu-lhes a mão para beijar, e elas fizeram uma reverência; depois se aproximaram de Láptiev, que também devia fazer-lhes o sinal da cruz e dar-lhes a mão para beijar. Essa cerimônia, com beijos e reverências, repetia-se toda noite.

Quando as meninas saíram, Panaúrov colocou o jornal de lado e disse:

— Que tédio nesta próspera cidade! Na verdade, meu querido — acrescentou ele num suspiro —, eu estou muito feliz em ver que o senhor encontrou, finalmente, uma distração.

[5] Hipocorístico de Lídia. (N. da T.)

— De que está falando? — perguntou Láptiev.

— Há pouco vi o senhor saindo da casa do doutor Belavin. Espero que tenha ido lá não por causa do paizinho.

— Com certeza. — disse Láptiev e enrubesceu.

— Com certeza. E, a propósito, outra besta cavalar como essa, como esse paizinho, não se encontra nem procurando de dia com uma tocha. O senhor não pode nem imaginar que animal baixo, sem talento, canhestro ele é! Os senhores, lá na capital, até hoje se interessam pela província apenas no aspecto lírico, pode-se dizer, nos termos da paisagem e de Anton Goremika,[6] mas, eu lhe juro, meu amigo, que não há lírica nenhuma, só selvageria, vileza e canalhice... e mais nada. Pegue aqui os cultores da ciência, por assim dizer assim, a *intelligentsia* local. Imagine só o senhor, aqui na cidade há 28 doutores, todos eles se arranjaram na vida e moram em casas próprias, enquanto a população, como antes, está no maior desamparo. Nina precisava fazer uma operação, bem simples, mas, para isso, foi preciso mandar chamar um cirurgião de Moscou, aqui ninguém se prontificou. O senhor não pode nem imaginar. Eles não sabem nada, não entendem nada, não se interessam por nada. Pergunte a eles, por exemplo, o que é um câncer? O que é? De onde vem?

E Panaúrov começou a explicar o que é o câncer. Ele era especialista em todas as ciências e explicava cientificamente o assunto de qualquer conversa. Porém, explicava tudo do seu jeito. Tinha uma teoria própria sobre a circulação do sangue, tinha a sua química, a sua astronomia. Falava devagar, com suavidade, de modo convincente, e as palavras "o senhor não pode nem imaginar" ele pronunciava com voz suplicante, apertava os olhos, respirava languidamente e sor-

---

[6] Personagem da novela homônima do escritor russo Dmitri Vassílievitch Grigoróvitch (1822-1899). O epíteto "goremika" significa "pobre-diabo". (N. da T.)

ria com misericórdia, como um rei, e via-se que estava muito satisfeito consigo mesmo e nem queria saber se já tinha cinquenta anos.

— Me deu vontade de comer alguma coisa — disse Láptiev. — Eu comeria com prazer alguma coisa salgada.

— Pois vamos lá. Damos um jeito nisso agora mesmo.

Pouco depois, Láptiev e o cunhado estavam sentados no andar de cima, na copa, jantando. Láptiev tomou um cálice de vodca, depois passou para o vinho, já Panaúrov não tomava nada. Ele nunca bebia e não jogava cartas e, apesar disso, tinha gastado todos os seus bens e os da esposa e pegara muitos empréstimos. Para gastar tanto em tão pouco tempo, era preciso ter não paixão, mas alguma outra coisa, um talento especial. Panaúrov gostava de comer bem, gostava de uma mesa luxuosa, música na hora do almoço, discursos, reverências de criados, aos quais deixava, negligente, uns dez e até 25 rublos para o chá; participava sempre de todo tipo de subscrição e loteria, mandava flores a conhecidas pelo dia de seus santos, comprava xícaras, porta-copos, abotoaduras, gravatas, bengalas, perfumes, cigarrilhas, cachimbos, cachorrinhos, papagaios, coisinhas japonesas, antiguidades; suas roupas de dormir eram de seda, a cama, de ébano com madrepérola, o roupão, um autêntico Bucara e assim por diante... e em tudo isso despejava diariamente, como ele próprio dizia, um "sumidouro" de dinheiro.

Durante o jantar, o tempo todo suspirava e balançava a cabeça.

— Eh, tudo neste mundo tem fim — dizia baixinho, apertando os olhos escuros. — O senhor se apaixona e vai sofrer, depois deixa de amar, vão traí-lo, porque não há mulher que não traia, o senhor vai sofrer, entrar em desespero e também vai trair. Mas chegará um tempo em que tudo isso se transformará em lembrança, e o senhor julgará tudo friamente, chegando à conclusão de que não passa de bobagem...

Já Láptiev, cansado, um pouco alto, olhava a cabeça bonita do outro, a barba preta aparada e parecia entender por que as mulheres amavam tanto aquele homem mimado, autoconfiante e fisicamente encantador.

Depois do jantar, Panaúrov não ficou ali, foi para a sua outra casa. Láptiev o acompanhou. Em toda a cidade, só Panaúrov usava cartola e, perto dos muros cinzentos, das casinhas lamentáveis, de três janelas, e dos arbustos de urtiga, a sua figura elegante e janota, a cartola e as luvas alaranjadas produziam sempre uma impressão estranha e tristonha.

Depois de se despedir, Láptiev voltou para casa sem pressa. A lua brilhava forte, era possível distinguir no chão cada palhinha, e parecia a Láptiev que a luz da lua acariciava sua cabeça descoberta, como se alguém lhe passasse uma penugem pelos cabelos.

— Estou apaixonado! — pronunciou ele em voz alta e, de repente, teve vontade de correr, alcançar Panaúrov, abraçá-lo, desculpá-lo, presenteá-lo com muito dinheiro e depois correr para algum lugar no campo, entre os arbustos, só correr, sem pensar em nada.

Em casa ele viu na cadeira a sombrinha esquecida por Iúlia Serguéievna, pegou-a e beijou-a avidamente. A sombrinha de seda não era nova, estava amarrada com um elástico velho; o cabo era de osso branco simples, barato. Láptiev abriu-a sobre si e pareceu-lhe que ao seu redor até cheirava a felicidade.

Então se sentou mais confortavelmente e, sem largar a sombrinha, começou a escrever a um de seus amigos em Moscou:

"Meu caro, meu querido Kóstia,[7] eis uma novidade: estou apaixonado de novo! Digo de novo

[7] Hipocorístico de Konstantin. (N. da T.)

porque seis anos atrás eu estava apaixonado por uma atriz moscovita, com quem não consegui nem me encontrar, e durante um ano e meio morei com 'aquela' que você conhece, uma mulher que não é jovem nem bonita. Ah, meu querido, como em geral não dou sorte no amor! Nunca tive sucesso com as mulheres e se digo de novo é apenas por ser um tanto triste e humilhante reconhecer para mim mesmo que a minha juventude passou sem amor nenhum e que estou amando, de fato, pela primeira vez, só agora, aos 34 anos de idade. Então que seja: estou apaixonado de novo.

    Se você soubesse como ela é! De beldade não pode ser chamada: tem um rosto largo, é muito magra, mas, em compensação, que maravilhosa expressão de bondade, como sorri! Quando ela fala, a sua voz canta e ressoa. Ela nunca puxa conversa comigo, eu não a conheço direito, mas quando estou perto dela, sinto nela um ser raro e extraordinário, imbuído de inteligência e intenções elevadas. Ela é religiosa, e o senhor não pode imaginar em que medida isso me toca e a eleva aos meus olhos. A esse respeito eu poderia discutir com o senhor sem cessar. O senhor está certo, que seja como quer, mas de qualquer modo eu gosto de vê-la na igreja, rezando. Ela é provinciana, mas estudou em Moscou, ama a nossa Moscou, veste-se à moda moscovita e por isso eu a amo, amo, amo... Posso ver como o senhor franze as sobrancelhas e levanta-se para me dar uma longa lição sobre o que é o amor, quem se pode amar e quem não se pode, e etc., etc. Mas, querido Kóstia, quando eu não amava, eu também sabia muito bem o que era o amor.

A minha irmã agradece a sua saudação. Ela se lembra com frequência do dia em que levou Kóstia Kotchevoi à escola preparatória, e até hoje ainda chama o senhor de coitado, pois nela ficou uma lembrança sua como a de um menino órfão. É isso, pobre órfão, estou apaixonado. Por enquanto é segredo, não diga nada lá, 'àquela' conhecida sua. Acho que isso ficará para trás, ou, como diz o criado em Tolstói, tudo se arranjará..."[8]

Terminada a carta, Láptiev deitou-se na cama. De cansaço, os olhos fechavam sozinhos, mas, por algum motivo, ele não conseguia dormir; parecia que o barulho da rua atrapalhava. Tangiam um rebanho e tocavam corneta; logo depois começavam a chamar para as matinas. Ora passava uma telega, rangendo, ora soava a voz de uma mulher do campo, indo para o mercado. E os pardais chilreavam o tempo todo.

---

[8] Fala do criado Matviei a Stiepan Arcáditch no romance *Anna Kariênina*, de Lev Tolstói: "não há de ser nada, senhor, tudo se arranjará" (tradução de Rubens Figueiredo, São Paulo, Cosac Naify, 2005, p. 21). (N. da T.)

## II

A manhã era alegre, festiva. Lá pelas dez, Nina Fiódorovna, de vestido marrom, penteada, foi levada até a sala de visitas, sustentada pelos braços, e ali andou um pouco, parou em frente à janela aberta, deu um sorriso amplo, ingênuo, e olhar para ela nos fazia lembrar de um artista local, um bêbado, que via nela um rosto de santa e queria pintar um quadro da *maslienitsa* russa com ela.[9] E em todos, nas crianças, na criadagem, até no irmão Aleksei Fiódoritch e nela própria, surgiu de repente a certeza de que ela ia melhorar, sem falta. As meninas, com risadas estridentes, corriam atrás do tio, tentando pegá-lo, e a casa enchia-se de barulho.

Vinham pessoas de fora indagar a respeito da saúde dela, levavam pãezinhos eucarísticos, diziam que hoje, por ela, tinham feito orações praticamente em todas as igrejas. Na cidade, ela era uma benfeitora, gostavam dela. Fazia o bem com extraordinária facilidade, igual ao irmão Aleksei, que distribuía dinheiro muito facilmente, sem refletir se devia dar ou não. Nina Fiódorovna pagava escola para estudantes pobres, distribuía chá, açúcar e geleia a velhas senhoras, vestia noivas pobres e, quando algum jornal vinha parar em suas mãos, antes de tudo, olhava se não havia algum apelo ou nota a respeito de alguém em situação de carência.

---

[9] Festa popular de caráter pagão e cristão, celebrada na semana anterior à quaresma (final do inverno na Rússia) com máscaras, panquecas (representando o sol) e passeios de trenó. (N. da T.)

Havia agora em suas mãos um maço de cupons, que ela distribuía entre pobres pedintes para aquisição de produtos nas mercearias, e que, no dia anterior, um comerciante lhe enviara com a solicitação de pagamento de 82 rublos.

— Veja só quanto pegaram, descarados! — disse ela, mal decifrando nos cupons a sua letra feia. — É brincadeira? 82! Pois pego e não pago.

— Hoje pagarei eu — disse Láptiev.

— Para que, para quê? — inquietou-se Nina Fiódorovna. — Já é bastante receber todo mês 250 de você e do meu irmão. Que Deus os proteja — acrescentou ela baixinho, para não ser ouvida pela criadagem.

— Pois eu, por mês, gasto 2.500 — disse ele. — E mais uma vez eu repito, querida; você tem tanto direito de gastar quanto eu e Fiódor. Entenda isso de uma vez por todas. Somos três filhos, e de cada três copeques um pertence a você.

Mas Nina Fiódorovna não entendia, e tinha a expressão de quem solucionava mentalmente algum problema muito difícil. E essa incapacidade de compreender os assuntos de dinheiro toda vez inquietava e perturbava Láptiev. Além disso, ele suspeitava que ela acumulava dívidas pessoais, sobre as quais tinha vergonha de comentar e que a faziam sofrer.

Ouviram-se passos e uma respiração pesada: o médico subia as escadas, como de costume desarrumado e desgrenhado.

— Ru-ru-ru — cantarolava. — Ru-ru.

Para não se encontrar com ele, Láptiev passou pela copa e depois desceu para a própria casa. Estava claro para ele que ter maior intimidade com o médico e ir à casa dele sem motivo seria algo impossível, e encontrar-se com aquela "besta cavalar", como dizia Panaúrov, era desagradável. Por causa disso os encontros com Iúlia Serguéievna eram tão raros. Então ele se deu conta de que o pai não estava em casa, que se levasse agora a sombrinha a Iúlia Serguéievna, provavelmente a pegaria em casa sozinha. E o seu coração apertou-se de alegria. Rápido, rápido!

Ele pegou a sombrinha e, intensamente agitado, saiu voando nas asas do amor. Fazia calor na rua. No enorme pátio da casa do médico, onde ervas daninhas e urtiga cresciam aos montes, um grupo de meninos brincavam de bola. Todos filhos de inquilinos operários moradores dos três anexos velhos e miseráveis que o médico todo ano planejava reformar e, no final, acabava adiando. Ouviam-se vozes sonoras e saudáveis. Ao longe, perto do alpendre de casa, Iúlia Serguéievna assistia o jogo, com as mãos cruzadas nas costas.

— Olá! — gritou Láptiev.

Ela olhou ao redor. Habitualmente ele a via indiferente, fria ou, como no dia anterior, cansada, mas agora a sua expressão era viva e enérgica, como a dos meninos que jogavam bola.

— Veja, em Moscou nunca jogam com tanta alegria — disse, indo ao encontro dele. — Aliás, lá não há esses pátios grandes, não há onde correr. Papai acabou de ir a sua casa — acrescentou ela, olhando as crianças.

— Eu sei, eu não vim procurar por ele, mas pela senhora — disse Láptiev, admirando a juventude dela, que ele antes não tinha notado e que parecia ter se revelado nela só hoje; parecia que aquele pescoço fino e alvo, com uma correntinha de ouro, ele via agora pela primeira vez. — Eu vim procurar pela senhora — repetiu ele. — Aqui está a sua sombrinha, a minha irmã mandou entregar, a senhora a esqueceu ontem.

Ela estendeu a mão para pegar a sombrinha, mas ele a apertou junto ao peito e escandiu com paixão, sem se conter, entregando-se de novo ao mesmo êxtase doce que experimentara na noite anterior, sentado sob a sombrinha:

— Eu lhe suplico, dê-me de presente esta sombrinha. Eu a guardarei de lembrança sua... do nosso encontro. Ela é tão maravilhosa!

— Fique com ela — disse Iúlia e enrubesceu. — Mas não há nada de maravilhoso nela.

Ele olhou para ela em êxtase, calado, sem saber o que dizer.

— Mas por que deixo o senhor aí neste calor? — disse ela, depois de um curto silêncio, e riu. — Vamos entrar.

— Eu não vou incomodá-la?

Entraram na antessala. Iúlia Serguéievna subiu correndo, farfalhando o seu vestido branco com florzinhas azuis.

— Ninguém consegue me incomodar — respondeu ela, parando na escada —, pois nunca faço nada. Para mim é feriado todo dia, de manhã até a noite.

— Para mim, isso que a senhora está falando é incompreensível — disse ele, aproximando-se dela. — Eu cresci num meio onde se trabalha todos os dias, todo mundo, sem exceção, tanto homens quanto mulheres.

— E se não houver nada para fazer? — perguntou ela.

— É preciso criar em sua vida condições tais que tornem o trabalho imprescindível. Sem trabalho não é possível uma vida pura e alegre.

Ele de novo apertou a sombrinha ao peito e disse baixinho, inesperadamente para si mesmo, sem reconhecer a própria voz:

— Se a senhora concordasse em ser minha esposa, eu daria tudo. Eu daria tudo... Não há preço, não há sacrifício que eu não pudesse aceitar.

Ela estremeceu e olhou para ele, surpresa e apavorada.

— O que é isso, o que é isso! — arrastou ela, empalidecendo. — Isso não é possível, garanto ao senhor. Desculpe.

Em seguida, às pressas, farfalhando do mesmo modo o vestido, subiu e desapareceu portas adentro.

Láptiev entendeu o que isso significava, e o seu estado de espírito transformou-se logo, abruptamente, como se na alma de repente tivesse se apagado a luz. Experimentando a vergonha, a humilhação de um homem que menosprezam, que desagrada os outros, que é repugnante, talvez até nojento, do qual correm, ele saiu da casa.

"Daria tudo", repetiu em tom de zombaria, a caminho de casa, sob o calor, lembrando os detalhes da declaração. "Daria tudo: exatamente como um comerciante. Precisam muito mesmo desse *seu* tudo!"

Tudo o que acabara de dizer parecia-lhe tão estúpido que causava repugnância. Por que mentir, dizendo ter crescido num meio onde todos trabalham, sem exceção? Por que falar num tom professoral sobre uma vida pura, alegre? Isso não era inteligente, nem interessante, era falso, falso à moda moscovita. Mas, pouco a pouco, surgiu aquele estado de indiferença, em que caem os criminosos depois de uma sentença severa, e então ele já pensava que, graças a Deus, agora tudo tinha passado e não havia aquela incerteza terrível, já não era preciso esperar dias inteiros, esgotar-se, pensar só numa única coisa, agora tudo estava claro; era preciso abandonar todas as esperanças de felicidade pessoal, viver sem desejos, sem esperanças, não sonhar, não esperar e, para que não houvesse aquele tédio, acalentado até não poder mais, era possível ocupar-se de assuntos alheios, da felicidade alheia, e, então, imperceptivelmente, chegaria a velhice, a vida teria fim, e não seria preciso mais nada. Agora tudo lhe era indiferente, não queria mais nada, podia julgar friamente, mas, no rosto, sobretudo sob os olhos, havia certo peso, a testa estava retesada, como um elástico, por pouco não brotavam lágrimas. Sentindo uma fraqueza em todo o corpo, deitou-se na cama e daí uns cinco minutos adormeceu pesadamente.

# III

O pedido feito por Láptiev de modo tão inesperado levou Iúlia Serguéievna ao desespero. Ela pouco conhecia Láptiev, encontrara-o por acaso; ele era um homem rico, representante da famosa firma moscovita "Fiódor Láptiev e filhos", sempre muito sério, pelo visto inteligente, preocupado com a doença da irmã; parecia-lhe que ele nem a notava, e ela própria era completamente indiferente a ele, mas, de repente, essa declaração na escada, esse rosto lamentável, maravilhado...

O pedido perturbou-a pelo caráter imprevisto, por ter sido pronunciada a palavra esposa e porque tivera de responder com uma recusa. Ela já não se lembrava do que dissera a Láptiev, mas continuava a sentir os rastros daquele sentimento impetuoso, desagradável, que sentira ao recusá-lo. Ele não lhe agradava; tinha aparência de caixeiro, ele próprio era desinteressante, ela não podia responder de outra maneira senão com a recusa, mas, de qualquer modo, sentia um desconforto, como se tivesse se comportado mal.

— Deus meu, nem havia entrado realmente em casa, ainda na escada — disse ela em desespero, dirigindo-se ao ícone pendurado sobre a cabeceira — antes nem me cortejava, e então, de um jeito estranho, extraordinário...

Na solidão, a cada hora a sua aflição tornava-se mais e mais intensa, e ela, sozinha, não tinha forças para lidar com esse sentimento opressivo. Era preciso que alguém a ouvisse e lhe dissesse que tinha se comportado corretamente. Mas não havia com quem conversar. Mãe, ela não tinha há muito tempo; o pai, considerava um homem estranho e não conseguia conversar com ele a sério. Ele a deixava desconfortável por causa dos caprichos, da facilidade com que se ofendia e dos gestos indeterminados; era só começar uma conversa e, no mesmo instante, punha-se a falar de si próprio. E, na hora da oração, ela não era inteiramente sincera, porque não sabia muito bem o que devia pedir a Deus.

Acenderam o samovar. Iúlia Serguéievna, muito pálida, cansada, com um ar desamparado, entrou na copa, preparou o chá — era obrigação dela — e serviu um copo ao pai. Serguei Boríssitch,[10] com sua sobrecasaca longa, abaixo dos joelhos, vermelho, despenteado, com as mãos nos bolsos, andava pela copa não de um canto a outro, mas desorientado, como uma fera na jaula. Parava junto à mesa, bebia aos golinhos, com gosto, e tornava a andar, o tempo todo pensando em alguma coisa.

— Hoje Láptiev me pediu em casamento — disse Iúlia Serguéievna e enrubesceu.

O médico olhou para ela, como se não tivesse entendido.

— Láptiev? — perguntou ele. — O irmão de Panaúrova?

Ele amava a filha; estava claro que ela cedo ou tarde casaria e o deixaria, mas ele se esforçava para não pensar nisso. A solidão o assustava, e, sem motivo determinado, parecia-lhe que, se ficasse sozinho naquela casa grande, sofreria um ataque apoplético, mas sobre isso ele não gostava de falar diretamente.

— Bem, estou muito feliz — disse ele e encolheu os ombros. — Parabéns, do fundo do coração. Agora já tem um excelente pretexto para se separar de mim, para sua satisfação. E eu a compreendo inteiramente. Na sua idade, morar com o pai, um velho, um doente, meio louco, deve ser muito

---

[10] Corruptela do patronímico Boríssovitch. (N. da T.)

difícil. Eu a compreendo muito bem. E se eu logo esticasse a canela, se o diabo desse cabo de mim, então todos ficariam felizes. Parabéns, do fundo do coração.

— Eu recusei.

O médico ficou com a alma mais leve, só que já não tinha forças para se conter, então continuou:

— Eu me surpreendo, há muito me surpreendo... Por que é que até hoje não me mandaram para o manicômio? Por que estou usando esta sobrecasaca e não uma camisa de força? Eu ainda acredito na verdade, no bem, sou um bobo idealista; neste nosso tempo, isso não é loucura? E como é que respondem à minha verdade, à minha relação honesta? Só falta me jogarem pedra, montam em cima de mim. E até os parentes próximos só tentam subir nos meus ombros, que o diabo carregue este velhote besta...

— Com o senhor não se pode conversar como gente! — disse Iúlia.

Num ímpeto, ela se levantou da mesa e foi para o quarto, furiosa, lembrando-se de que frequentemente o pai era injusto com ela. Mas, passado pouco tempo, já sentia pena do pai e, quando ele foi para o clube, ela o acompanhou até o andar de baixo e trancou a porta ela própria. Lá fora o tempo estava feio, agitado; a porta estremecia com os golpes de vento, soprando de todos os lados da entrada, de modo que quase se apagava a vela. No andar de cima, Iúlia percorreu todos os cômodos e fez o sinal da cruz em todas as janelas e portas; o vento uivava, e parecia que alguém estava andando em cima do telhado. Nunca antes tinha sentido tanto abatimento, nunca tinha se sentido tão sozinha.

Ela se perguntou: teria agido bem, recusando um homem apenas porque não gostava da aparência dele? Verdade, não era o homem amado e casar-se com ele significaria dar adeus para sempre a seus sonhos, a seu modo de entender a felicidade e a vida conjugal, mas será que algum dia encontraria aquele com quem sonhava, será que amaria alguém? Completara 21 anos. Não havia pretendentes na cidade. Ela pensava em todos os homens que conhecia, funcionários, pedagogos, oficiais, alguns deles já casados, com uma vida familiar que surpreendia pelo vazio e tédio, outros, desinteressantes, sem graça, burros, sem caráter. Já Láptiev, por pior que fosse, era moscovita, terminara a universidade, falava francês; ele morava na capital, onde há muitas pessoas inteligentes, nobres, notáveis, onde há movimento, excelentes teatros, espetáculos musicais, costureiras excepcionais, confeitarias... Nas escrituras sagradas, está escrito que a mulher deve amar o marido, e nos romances dão ao amor um significado enorme, mas não haveria certo exagero nisso? Será que sem amor não é possível a vida em família? Pois dizem que o amor logo passa, e fica apenas o hábito, e que o verdadeiro objetivo da vida em família não está no amor nem na felicidade, mas nas obrigações, por exemplo, na educação dos filhos, nas preocupações com a casa etc. Mas, talvez, nas escrituras sagradas, tenham em vista o amor ao marido como a um próximo, o respeito a ele, a indulgência.

De madrugada, Iúlia Serguéievna leu atentamente as preces vespertinas, depois se ajoelhou e, apertando as mãos contra o peito, olhando para a vela dos ícones, disse com sentimento:

— Faze-me entender, mãe protetora! Faze-me entender, meu Deus!

Em sua vida acontecera de encontrar donzelas já velhas, pobres e desvalidas, que se arrependiam amargamente e expressavam pesar por ter, outrora, recusado um noivo. Será que não aconteceria o mesmo com ela? Devia ir para um convento, tornar-se irmã de caridade?

Ela trocou a roupa e deitou-se na cama, traçando o sinal da cruz em si e no ar, ao seu redor. De repente, no corredor, soou a campainha, aguda e pesarosa.

— Ah, Deus meu! — disse ela, sentindo por causa dessa campainha uma excitação mórbida pelo corpo inteiro.

Ela ficou deitada, só pensando o tempo todo como a vida provinciana era pobre de acontecimentos, monótona, e, ao mesmo tempo, inquietante. Volta e meia a pessoa é levada a se sobressaltar, a recear algo, a ficar com raiva ou a se sentir culpada, no final das contas os nervos esfrangalham-se a tal ponto que dá medo até de olhar por cima do cobertor.

Daí a meia hora, de novo soou a campainha, com o mesmo toque agudo. Provavelmente a criadagem estava dormindo e não ouviu. Iúlia Serguéievna acendeu uma vela e, trêmula, agastada com a criadagem, começou a se vestir e, ao terminar, quando entrou no corredor, no andar de baixo a arrumadeira já estava trancando a porta.

— Pensei que era o patrão, mas vieram por causa de um doente — disse ela.

Iúlia Serguéievna voltou para o quarto. Pegou um baralho na cômoda e decidiu que, se embaralhasse bem as cartas, depois cortasse o monte e a primeira carta de baixo fosse de naipe vermelho, então isso queria dizer que sim, ou seja, devia aceitar o pedido de Láptiev, já se fosse preto, então era não. Saiu o dez de espadas.

Isso a acalmou, ela adormeceu, mas de manhã de novo já não havia nem sim, nem não, e ela pensava em como agora, se quisesse, podia mudar a própria vida. Os pensamentos a esgotaram, ela estava desfalecida, sentia-se doente, mas, de qualquer modo, pouco depois das onze, vestiu-se e foi visitar Nina Fiódorovna. Ela queria encontrar Láptiev: talvez agora ele lhe parecesse melhor; talvez ela tivesse se enganado até agora...

Era difícil andar contra o vento, ela mal avançava, segurando o chapéu com as duas mãos, e não enxergava nada por causa da poeira.

IV

Ao entrar na casa da irmã e ver inesperadamente Iúlia Serguéievna, Láptiev de novo experimentou aquela condição humilhante de se sentir um homem nojento. Ele concluiu que, se ela achava tão fácil visitar a sua irmã e encontrar-se com ele, isso queria dizer que não o notava ou então o considerava o ser mais insignificante. No entanto, quando a cumprimentou, e ela, pálida, com poeira sob os olhos, dirigiu-lhe um olhar pesaroso e culpado, entendeu que ela também sofria.

Ela não se sentia bem. Sentou-se um pouco, uns dez minutos, e já começou a se despedir. Ao sair disse a Láptiev:

— Acompanhe-me até em casa, Aleksei Fiódoritch.

Pela rua, andavam em silêncio, segurando o chapéu, e ele, atrás, tentava resguardá-la do vento. Na travessa estava quieto, e ali os dois seguiram lado a lado.

— Se ontem eu não fui afetuosa, então me perdoe — começou ela, e a sua voz tremia, como se ela fosse chorar. — É um verdadeiro martírio! Eu não dormi a noite inteira.

— Pois eu dormi muito bem a noite inteira — disse Láptiev, sem olhar para ela —, mas isso não significa que esteja me sentindo bem. A minha vida foi destruída, estou profundamente infeliz, e, depois da sua recusa ontem, ando como se tivesse sido envenenado. O mais penoso foi dito ontem; hoje já não me sinto acanhado na sua presença e posso falar com franqueza. Eu a amo mais do que a minha irmã, mais do que a minha falecida mãe... Sem a minha irmã e sem a minha mãe eu consigo viver e vivi, mas viver sem a senhora, isso para mim é um absurdo, eu não consigo...

E também agora, como costumava acontecer, ele adivinhava as intenções dela. Compreendia que ela queria continuar a conversa do dia anterior, e só por isso pedira que a acompanhasse e agora o levava até sua casa. O que mais ela poderia acrescentar à recusa? Que novidade ia inventar? Por tudo, pelos olhares, pelo sorriso e até pelo modo como, andando ao lado dele, ela mantinha a cabeça e os ombros, ele via que, como antes, ela não o amava, ele era um estranho para ela. Mas então o que ainda queria dizer?

O doutor Serguei Boríssitch estava em casa.

— Seja bem-vindo, estou muito feliz em vê-lo, Fiódor Alekséitch — disse ele, confundindo o nome com o patronímico. — Muito, muito feliz.

Antes ele não costumava ser tão hospitaleiro, e Láptiev concluiu que o seu pedido já era do conhecimento do médico, e não gostou disso. Agora ele estava sentado na sala, e esse cômodo produzia uma impressão estranha, com sua decoração pobre e pequeno-burguesa, seus quadros ruins e, embora nele houvesse poltronas e uma lâmpada enorme com abajur, de qualquer modo parecia um estabelecimento, um depósito espaçoso, e não uma residência, e era evidente que, naquela sala, apenas um homem como o doutor podia se sentir em casa; o outro cômodo, quase duas vezes maior, chamava-se salão e ali havia apenas cadeiras, como em um espaço de aula de dança. E Láptiev, enquanto estava ali sentado, conversando com o doutor sobre a irmã, começou a ser perturbado por uma suspeita. Será que Iúlia Serguéievna não teria ido à casa de Nina e depois o trazido ali para informar que aceitava o seu pedido? Oh, que terrível seria isso, porém, mais terrível ainda era a sua alma prestar-se a semelhantes suspeitas. Ele imaginou que na noite e na madrugada anterior, pai e filha haviam trocado conselhos longamente, talvez tivessem discutido longamente e depois chegado à conclusão de que Iúlia comportara-se de modo irrefletido ao recusar um homem rico. Nos seus ouvidos até soaram palavras que, em casos semelhantes, são ditas pelos pais:

"É verdade, você não o ama, mas, em compensação, pense quanto bem você poderá fazer!"

O médico ia sair para visitar seus doentes. Láptiev queria ir embora junto com ele, mas Iúlia Serguéievna disse:

— O senhor fique, eu lhe peço.

Ela estava extenuada, sem forças e agora se convencia de que recusar um homem honesto, bom e apaixonado apenas porque ele não a agradava, principalmente quando, com esse casamento, havia a possibilidade de mudar a própria vida, a sua vida triste, monótona e ociosa, em que a juventude estava indo embora e não se previa no futuro nada mais agradável, recusar diante dessas circunstâncias era loucura, um capricho, uma extravagância, e por causa disso Deus até podia castigar.

O pai saiu. Quando os seus passos silenciaram, de repente, ela parou diante de Láptiev e disse com decisão, empalidecendo terrivelmente nesse momento:

— Ontem passei muito tempo pensando, Aleksei Fiódoritch... Eu aceito o seu pedido.

Ele se inclinou e beijou-a; ela, sem jeito, beijou com lábios frios a cabeça dele. Ele sentia que nessa declaração de amor não havia o principal: o amor dela, e havia algo excessivo, então teve vontade de gritar, de sair correndo, de ir para Moscou nesse mesmo instante, mas ela estava ali perto, parecia-lhe tão maravilhosa, e a paixão de repente o dominou, ele percebeu que já era tarde para refletir, abraçou-a com paixão, apertou-a ao peito e, balbuciando algumas palavras, chamando-a por você, beijou-lhe o pescoço, depois a face, a cabeça...

Ela se afastou na direção da janela, com medo dos carinhos, e ambos já se arrependiam de ter se declarado, e ambos perguntavam-se confusos: "Por que isso foi acontecer?".

— Se o senhor soubesse como eu sou infeliz! — arrastou ela, apertando as mãos.

— O que foi? — perguntou ele, aproximando-se e também apertando as mãos. — Minha querida, pelo amor de Deus, diga, o que foi? Mas que seja só a verdade, eu imploro, só a verdade!

— Não dê atenção a isso. — disse ela, num sorriso forçado. — Eu prometo ao senhor que serei uma esposa fiel e dedicada... Venha hoje à noite.

Depois, sentado à beira da cama da irmã, lendo um romance histórico, ele se lembrou de tudo isso e ofendeu-se, pois ao seu sentimento grandioso, puro, largo, recebia uma resposta tão pobre; não o amavam, mas aceitavam o seu pedido, com certeza, apenas porque era rico, ou seja, preferiam nele justamente aquilo que ele próprio valorizava menos que tudo. Pode-se supor que Iúlia, uma alma pura, crente em Deus, não tivesse pensado em dinheiro nem uma única vez, mas ela não o amava, não amava, e, pelo visto, tinha algum interesse, embora ele fosse, talvez, meio vago, não inteiramente consciente, mas de qualquer modo era interesse. Ele sentia repulsa pela casa do médico, por sua decoração pequeno-burguesa; o próprio médico, por si só, mostrava-se um avarento desprezível, um gordalhão, um tipo de Gaspard da opereta *Os sinos de Corneville*,[11] e até o nome Iúlia já soava vulgar. Imaginava como ele e a sua Iúlia receberiam a coroa de casados, em essência completamente estranhos um ao outro, sem um pingo de sentimento da parte dela, como se apresentados por uma casamenteira, e agora lhe restava um só consolo, tão banal quanto o próprio casamento, o conso-

---

[11] Opereta composta por Robert Planquette (1848-1903) baseada em uma peça de Charles Gabet. (N. da T.)

lo de que não era o primeiro nem seria o último, que assim se casam milhares de pessoas e que Iúlia, com o tempo, quando o conhecesse na intimidade, talvez passasse a amá-lo.

— Romeu e Iúlia! — disse ele, fechando o livro, e deu uma risada. — Eu, Nina, sou Romeu. Pode me cumprimentar, hoje fiz o pedido a Iúlia Belavina.

Nina Fiódorovna pensou que ele estava brincando, mas depois acreditou e pôs-se a chorar. Não havia gostado da novidade.

— Então, parabéns — disse ela. — Mas por que tão de repente?

— Não, não foi de repente. Isso já se prolonga desde março, você é que não notou... Eu me apaixonei ainda em março, quando a conheci aqui mesmo, neste quarto.

— Pois eu pensava que você se casaria com uma de nossas moscovitas — disse Nina Fiódorovna, após um minuto de silêncio. — As moças do nosso círculo são mais simples. Mas, o importante, Aliocha, é que você seja feliz, isso é o mais importante. O meu Grigori Nikoláitch não me amava e você está vendo como vivemos, não se pode esconder. É claro que qualquer mulher pode amar você por sua bondade e inteligência, mas Iúlitchka estudou no instituto, tem origem nobre, inteligência e bondade para ela é pouco. Ela é jovem, e você, Aliocha, não é moço, nem bonito.

Para abrandar as últimas palavras, ela acariciou a face do irmão e disse:

— Você não é bonito, mas é tão simpático.

Ela foi se agitando a tal ponto que em suas faces surgiu um leve rosado e, com fervor, começou a falar se não seria de bom tom dar ela a benção a Aliocha com o ícone, pois era a irmã mais velha e devia substituir a mãe; e ficou tentando convencer o pobre irmão de que precisavam comemorar o casamento como mandam, com solenidade e alegria, para não serem julgados pelos outros.

A partir de então, ele passou a visitar os Belavin na qualidade de noivo, três, quatro vezes ao dia, e não tinha mais tempo de substituir Sacha e de ler romances históricos. Iúlia recebia-o em seus dois cômodos, longe da sala e do gabinete do médico, e eles agradavam muito a Láptiev. Ali as paredes eram escuras, no canto ficava um caixilho com ícones; tudo cheirava a perfumes bons e a óleo da vela dos ícones. Ela ficava nos cômodos mais reservados, a cama e a penteadeira estavam protegidas por biombos e as portas de vidro dos armários de livros, por cortinas verdes do lado de dentro; ela caminhava sobre tapetes, de modo que não se ouvia nenhum de seus passos — disso ele concluiu que ela tinha um caráter reservado e gostava de uma vida silenciosa, tranquila e resguardada. Em casa a sua condição ainda era a de uma menor de idade, não tinha dinheiro próprio e acontecia, às vezes, na hora dos passeios, de ficar constrangida por não levar consigo nem um copeque. Para roupas e livros o pai lhe dava dinheiro aos pouquinhos, não mais do que cem rublos ao ano. E o próprio médico praticamente não andava com dinheiro, apesar da boa clientela. Todas as noites ele jogava cartas no clube e sempre perdia. Além disso, comprava casas em associações de crédito mútuo, com transferência da dívida, e alugava; os inquilinos mostravam-se maus pagadores, mas ele garantia que essas operações com as casas eram muito vantajosas. Ele tinha penhorado a casa onde morava com a filha e, com o dinheiro, comprara um terreno baldio; já começara a construir nele uma casa de dois andares para alugar.

 Láptiev vivia agora como num nevoeiro, como se não fosse ele, mas o seu duplo, e fazia muito daquilo que antes não se atrevia a fazer. Foi com o médico umas três vezes ao clube, jantava com ele e chegava a oferecer-lhe dinheiro para as obras, e até visitara Panaúrov em sua outra casa. Certa vez Panaúrov o convidara para jantar, e Láptiev, sem refletir, concordara. Ele foi recebido por uma dama de uns 35 anos, alta e magricela, um pouco grisalha e de sobrancelhas pretas que, pelo visto, não era russa. No seu rosto havia manchas brancas de pó-de-arroz, ela sorria melosamente e apertava a mão num tranco, de modo que os braceletes tiniam nos seus braços brancos. Parecia a Láptiev que ela sorria assim por querer esconder dos outros e de si mesma que era infeliz. Ele viu também duas meninas, de cinco e três anos, parecidas com Sacha. No almoço, serviram sopa de leite,[12] vitela fria com cenoura e chocolate, algo adocicado, que não era gostoso, mas, em compensação, na mesa brilhavam garfinhos de ouro, frascos de óleo de soja e de pimenta do Peru, uma molheira requintada demais e uma pimenteira de ouro.

Só depois de tomar a sopa de leite, Láptiev se deu conta de como, em essência, era despropositado almoçar ali. A dama estava desconfortável, todo o tempo sorria, mostrando os dentes, Panaúrov explicava cientificamente o que é a paixão e por que ela surge.

— Aqui estamos tratando de um dos fenômenos da eletricidade — disse ele, em francês, dirigindo-se à dama. — Na pele de cada pessoa, estão alojadas glandulazinhas microscópicas, que contêm correntes. Quando encontramos um indivíduo com correntes paralelas às nossas, aí temos o amor.

Quando Láptiev voltou para casa, e a sua irmã perguntou onde estivera, ele ficou desconcertado e não respondeu nada.

O tempo todo, até o casamento, ele se sentia numa posição falsa. O seu amor ficava cada dia mais forte, Iúlia parecia-lhe poética e elevada, mas, de qualquer modo, não havia um amor correspondido, em essência havia o seguinte: ele comprava e ela vendia. Às vezes, quando mergulhava em reflexões, ele chegava somente ao desespero e perguntava a si mesmo se não devia fugir. Já não dormia à noite e o tempo

---

[12] Arroz cozido no leite com manteiga e passas. (N. da T.)

todo pensava em como, depois do casamento, encontraria em Moscou a senhora que em cartas aos amigos ele chamava de "aquela", em como o pai e o irmão, pessoas difíceis, receberiam o seu casamento e Iúlia. Ele temia que o pai, já no primeiro encontro, dissesse a Iúlia alguma grosseria. E com o irmão Fiódor, nos últimos tempos, acontecia algo estranho. Em suas longas cartas, ele escrevia sobre a importância da saúde, a influência das doenças sobre o estado psíquico, o que é a religião, mas não havia nenhuma palavra nem sobre Moscou, nem sobre os negócios. Essas cartas irritavam Láptiev e parecia-lhe que o caráter do irmão mudava para pior.

O casamento realizou-se em setembro. A cerimônia aconteceu na igreja de Pedro e Paulo, depois das matinas, e no mesmo dia os jovens partiram para Moscou. Quando Láptiev e a esposa, de vestido preto com cauda, na aparência não mais uma moça, mas uma verdadeira dama, despediram-se de Nina Fiódorovna, o rosto da doente se retorceu inteiro, mas dos olhos secos não brotou nenhuma lágrima. Ela disse:

— Se eu morrer, tomara Deus não permita, levem com vocês as minhas meninas.

— Oh, eu prometo! — respondeu Iúlia Serguéievna, e nela também os lábios e as pálpebras tremeram nervosamente.

— Eu venho ver você em outubro — disse Láptiev, comovido. — Melhoras, minha querida.

Eles viajaram num compartimento privativo. Os dois estavam tristes e desconfortáveis. Ela ficou sentada num canto, sem tirar o chapéu, e fazia de conta que cochilava, enquanto ele ficou deitado na frente dela, no sofá, e perturbavam-no vários pensamentos: o pai, "aquela", se Iúlia ia gostar da nova casa. E, olhando para a esposa, que não o amava, ele pensava, desalentado: "Por que isso foi acontecer?".

V

Em Moscou, os Láptiev tinham um comércio atacadista de artigos de armarinho: franjas, trancelins, fitas, linhas de crochê, botões etc. A receita bruta chegava a dois milhões ao ano; mas o lucro líquido ninguém sabia, a não ser o velho. Os filhos e os empregados avaliavam esse lucro em aproximadamente trezentos mil e diziam que ele seria uns cem mil maior se o velho "não esbanjasse", ou seja, não usasse o crédito de modo indiscriminado; nos últimos dez anos, de letras de câmbio irrecuperáveis, somara-se quase um milhão, e o empregado-chefe, quando esse assunto vinha à tona, piscava o olho com astúcia e dizia algumas palavras, cujo significado não era claro a todos:

— Consequência psicológica do século.

As principais operações aconteciam no centro comercial, em um estabelecimento chamado de armazém. A entrada no armazém era feita por um pátio, sempre penumbroso, cheirando a entrançados de palha, onde cavalos de carga batiam os cascos no asfalto. Uma porta de aparência muito modesta, revestida de ferro, levava do pátio a um cômodo iluminado por uma janela estreita, com grade de ferro e paredes úmidas, marrom-acinzentadas, rabiscadas de carvão; depois, à esquerda, havia outro cômodo, maior e mais limpo, com um fogão de ferro e duas mesas, mas também com janela de cárcere: era o escritório, e apenas dali uma escada estreita de pedra levava ao segundo andar, onde se encontrava a instalação principal. Era um cômodo bastante grande, mas, graças à constante penumbra, ao teto baixo e ao aperto resultante das caixas, das trouxas e da gente azafamada, ele produzia no recém-chegado a mesma impressão desgraciosa dos dois inferiores. No alto e também no escritório, nas prateleiras, havia mercadorias em montes, em maços e em caixas de papelão; na sua disposição não se via nem ordem, nem beleza e, se aqui e ali, dos embrulhos de papel, por buracos, não espiassem ora fios escarlates, ora borlas, ora pontas de franjas, então não seria possível adivinhar logo o que vendiam ali. E, ao olhar esses embrulhos e caixas amassadas, não era possível acreditar que por essas besteirinhas recebiam milhões e que ali no armazém todo o dia ocupavam-se cinquenta pessoas, sem contar os compradores.

Um dia após a chegada a Moscou, ao meio-dia, quando Láptiev entrou no armazém, os contratados que embalavam mercadorias batiam nas caixas com tanta força que, no primeiro cômodo e no escritório, ninguém o ouviu entrar; um carteiro conhecido veio descendo a escada com um maço de cartas na mão, franziu a testa por causa do barulho e também não o notou. A primeira pessoa que o viu lá em cima foi o irmão Fiódor Fiódoritch, tão parecido com ele que os consideravam gêmeos. Essa semelhança constantemente lembrava a Láptiev a sua própria aparência e, agora, vendo diante de si um homem de baixa estatura, avermelhado, de cabelos ralos, de coxas magras, nada aristocráticas, com um ar desinteressante e simplório, ele se perguntou: "Será que também sou assim?".

— Como estou feliz em vê-lo! — disse Fiódor, beijando o irmão e apertando fortemente a sua mão. — Eu já estava impaciente de tanto esperar todo dia a sua chegada, meu querido. Assim que você escreveu que ia se casar, a curiosidade começou a me atormentar, além disso estava com saudades, meu irmão. Pense bem, há meio ano não nos víamos. E então? Como está? E Nina? Está muito mal?

— Muito.
— É a vontade de Deus — suspirou Fiódor. — Mas e a sua esposa? Certamente é uma beleza. Eu a amo já, pois ela é minha irmãzinha do coração. Juntos vamos mimá-la.

Mostraram-se as costas largas e curvadas, há muito conhecidas, do pai Fiódor Stepánitch. O velho estava sentado perto do balcão, em um tamborete e conversava com um comprador.

— Paizinho, veja a alegria que Deus nos mandou! — gritou Fiódor. — O meu irmão chegou!

Fiódor Stepánitch era de estatura alta e compleição extremamente robusta, de modo que, apesar de seus oitenta anos de idade e das rugas, ainda tinha a aparência de um homem saudável e forte. Falava com uma voz de baixo pesada, densa, bramida, que saía do seu peito largo como de um pote. Ele fazia a barba, usava bigodes rentes, de soldado, e fumava charuto. Como sempre lhe parecia quente, fosse no armazém ou em casa, em qualquer época do ano ele andava com um paletó de brim folgado. Há pouco fizera uma operação de catarata, estava enxergando mal e já não se ocupava dos negócios, apenas conversava e tomava chá com geleia.

Láptiev curvou-se e beijou a sua mão, depois os lábios.

— Há quanto tempo, hem, sua majestade — disse o velho. — Há quanto tempo. Quer dizer então que quer cumprimentos pelo casamento? Certo, cumprimento então.

E ele estendeu os lábios para o beijo. Láptiev curvou-se e beijou-o.

— Pois então, trouxe a sua senhorita? — perguntou o velho e, sem esperar a resposta, disse, dirigindo-se ao comprador: — Venho por meio desta informar, paizinho, que contrairei matrimônio com tal moça. Assim mesmo. Mas vir pedir ao paizinho a benção e conselhos, isso não é de praxe. Agora pensam com a própria cabeça. Quando casei, tinha mais de quarenta, mas caí aos pés do meu pai e pedi conselho. Agora não há nada disso.

O velho ficara feliz com a chegada do filho, mas considerava inoportuno acariciá-lo e demonstrar a própria alegria de algum modo. A sua voz, a maneira de falar e o "senhorita" produziram em Láptiev aquela sensação desagradável que ele sempre experimentava quando entrava no armazém. Ali cada miudeza lembrava-o do passado, quando o açoitavam e deixavam-no de jejum; ele sabia que, também agora, açoitavam os meninos e batiam-lhes até sangrar o nariz, e que, quando esses menores crescessem, também iriam bater. E bastava que ele ficasse no armazém uns cinco minutos para que logo parecesse que iam xingá-lo ou dar um tapa em seu rosto.

Fiódor bateu de leve no ombro do comprador e disse ao irmão:

— Aliocha, apresento-lhe nosso arrimo em Tambov, Grigori Timofieitch. Pode servir de exemplo para a juventude contemporânea: já passou dos cinquenta, mas tem filhos ainda de peito.

Os empregados puseram-se a rir, e o comprador, um velho seco e de rosto pálido, também riu.

— A natureza está acima da ação habitual — notou o caixeiro-chefe, ali ao balcão. — Aonde entrou, de lá é que vai sair.

O caixeiro-chefe, homem alto, de uns cinquenta anos, de barba escura, óculos e lápis atrás da orelha, costumava expressar os próprios pensamentos sem clareza, com indiretas distantes, e, por seu sorriso maroto, via-se que com as suas palavras ele transmitia algum pensamento particular e aguçado. Gostava de obscurecer a própria fala com palavras livrescas, que compreendia de modo peculiar, e, além disso, muitas das palavras habituais com frequência ele utilizava com sentido diferente do que possuíam. Por exemplo, a palavra "exceto". Quando manifestava categoricamente alguma ideia e não queria que viessem contradizê-lo, então estendia a mão direita à frente e proferia:

— Exceto!

E o mais surpreendente de tudo é que os outros caixeiros e os compradores compreendiam-no muito bem. Chamava-se Ivan Vassílitch Potchátkin[13] e nascera em Kachira. Naquele momento, cumprimentando Láptiev, expressou-se assim:

— De sua parte, por mérito da coragem, uma vez que o coração feminino é um Chamil.[14]

Outra personalidade importante no armazém era o caixeiro Makêitchev, um louro sólido, com cocoruto careca e suíças. Ele se aproximou de Láptiev e cumprimentou-o respeitosamente, à meia voz:

— É uma honra... O senhor ouviu as preces de seu pai. Graças a Deus.

Depois outros caixeiros começaram a se aproximar e a parabenizá-lo pelo casamento. Todos estavam vestidos na moda e tinham a aparência de pessoas muito honradas e educadas. Não faziam a redução do "o" e pronunciavam o "guê" como o "g" latino; uma vez que a cada duas palavras acrescentavam um "s", os seus cumprimentos, pronunciados com a rapidez de um trava-língua, por exemplo, na frase: "desejo ao senhor tudo de bom", soavam como se alguém açoitasse o ar: "jviss".[15]

---

[13] O sobrenome vem da palavra russa "potchátok", espiga de milho. (N. da T.)

[14] Chefe dos montanheses do Cáucaso, em 1834 foi designado líder religioso do estado teocrático islâmico das terras tchetchenas e do oeste do Daguestão. Conduziu uma guerra obstinada contra o império russo. Para os russos, é uma figura enigmática e cheia de astúcia. (N. da T.)

[15] Contração da frase "jelaiu vam-s vsiego khorochego-s" ("desejo ao senhor tudo de bom"). O uso do "s" no fim das palavras era uma forma de demonstrar respeito. (N. da T.)

Láptiev logo cansou de tudo isso e queria ir para casa, mas sair seria embaraçoso. De acordo com o bom-tom, precisava ficar no armazém pelo menos duas horas. Ele se afastou para longe do balcão e começou a interrogar Makêitchev: se o verão tinha corrido bem, se não havia nada de novo, e este respondia respeitosamente, sem olhar nos olhos. Um menino de cabelos curtos e camisa cinza serviu a Láptiev um copo de chá sem pires; daí a pouco, ao passar por ali, outro menino tropeçou numa caixa e quase caiu, e o sólido Makêitchev, de repente, fez uma cara terrível, uma cara de mau, de carrasco e gritou:

— Ande direito!

Os caixeiros estavam alegres porque o jovem patrão se casara e finalmente voltava para casa; olhavam-no com curiosidade, hospitaleiros, e cada um deles, ao passar por perto, considerava obrigação sua dizer algo respeitosamente agradável. Mas Láptiev estava convencido de que nada daquilo era sincero, de que o bajulavam por medo. Ele não conseguia esquecer de jeito nenhum quando, uns quinze anos atrás, um caixeiro, doente mental, saíra correndo pela rua apenas de roupa de baixo, descalço, ameaçando com o punho erguido as janelas dos patrões, gritando que o torturavam; e desse pobre coitado, quando depois ele sarou, todos riram por muito tempo, lembrando que ele gritava aos patrões: "plantadores!" em vez de "exploradores!". Em geral os empregados dos Láptiev viviam muito mal, e sobre isso há muito se comentava no centro comercial. O pior de tudo era que, em relação a eles, o velho Fiódor Stepánitch mantinha uma política asiática. Ninguém sabia quanto recebiam os seus preferidos Potchátkin e Makêitchev; deviam receber cada um três mil ao ano, somados os prêmios, não mais que isso, mas ele dava a entender que pagava sete mil a cada; distribuía os prêmios todo ano, a todos os caixeiros, mas em segredo, de modo que, quem recebia pouco, devia, por orgulho, dizer que recebeu muito; nenhum dos meninos sabia quando passaria a caixeiro; nenhum dos empregados sabia se o patrão estava satisfeito com ele ou não. Não proibiam os empregados de nada diretamente, e por isso eles não sabiam o que era permitido e o que não era. Não os proibiam de casar, mas eles não se casavam porque tinham medo de desagradar o patrão com o casamento e, assim, perder o lugar. Permitiam-lhes fazer amizade e frequentar a casa de outros, mas às nove horas da noite já trancavam o portão, e a cada manhã o patrão examinava todos os empregados, desconfiado, e farejava para ver se algum deles estava cheirando a vodca: "Vamos lá, sopre".

Todo feriado santo, os servidores eram obrigados a ir às matinas e a ficar na igreja numa posição em que o patrão pudesse vê-los. Os jejuns eram observados com rigor. Nos dias de comemoração, por exemplo, no dia do santo do patrão ou dos membros de sua família, os empregados deviam se cotizar e oferecer uma torta da Fleia ou um álbum. Eles moravam no andar de baixo da casa, na Piátnitskaia, e no anexo, acomodavam-se três ou quatro num único cômodo e, na hora do almoço, comiam direto da vasilha, embora diante de cada um deles houvesse um prato. Se algum dos patrões entrava na casa deles na hora do almoço, todos se levantavam.

Láptiev tinha consciência de que apenas alguns deles, estragados pela educação imposta pelo velho, podiam considerá-lo seriamente como benfeitor, o restante via nele um inimigo e um "plantador". Agora, depois de meio ano de ausência, ele não via nenhuma mudança para melhor, e havia até algo novo, que não profetizava nada de bom. O irmão Fiódor, antes silencioso, pensativo e extremamente delicado, agora, tinha a aparência de alguém muito ocupado, de um homem de negócios, com o lápis atrás da orelha; ele corria pelo armazém, batia no ombro dos compradores e gritava aos caixeiros: "Amigos!". Pelo visto, estava desempenhando algum papel, e nesse novo papel Aleksei não o reconhecia.

A voz do velho troava ininterrupta. Por não ter o que fazer, ele dava conselhos a compradores: como se devia viver, como conduzir os negócios e, nesse momento, sempre se colocava como exemplo. Essa arrogância, esse tom autoritário e opressor, Láptiev ouvia há dez, quinze, vinte anos. O velho adorava a si próprio; de suas palavras sempre se podia concluir que ele fizera a felicidade da falecida esposa e dos parentes, que recompensava os filhos, que servia de benfeitor a caixeiros e empregados, e toda a rua e todos os conhecidos tinham a obrigação de rezar eternamente por ele; tudo o que fazia era muito bom, se os negócios dos outros iam mal, isso acontecia só porque não queriam se aconselhar com ele, sem os seus conselhos nenhum negócio podia dar certo. Na igreja, sempre ficava à frente de todos e até fazia observações aos sacerdotes quando eles, na sua opinião, faziam algo errado, e pensava que isso agradava a Deus, já que Deus o amava.

No armazém, lá pelas duas horas, todos já estavam trabalhando, exceto o velho, que continuava a troar. Láptiev, para não ficar sem fazer nada, recebeu as fitas de um artesão e liberou-o, depois atendeu um comprador, comerciante de Vólogda, e passou a tarefa ao caixeiro.

— Teto, verde, às! — ouvia-se de todos os lados (no armazém, preços e números das mercadorias eram indicados pela primeira letra das palavras). — Rua, irmão, teto! Ao sair, Láptiev despediu-se apenas de Fiódor.

— Amanhã virei com a minha esposa à Piátnitskaia — disse ele —, mas, advirto que, se o pai disser a ela algo grosseiro, ainda que uma única palavra, então não ficarei nem um minuto.

— Você continua o mesmo — suspirou Fiódor. — Casou, mas não mudou. Meu irmão, é preciso ser condescendente com o velho. Pois então amanhã, antes das onze. Vamos esperar ansiosos. Venha direto das matinas.

— Eu não frequento as matinas.

— Isso não é problema. O importante é que não seja depois das onze, para termos tempo de rezar e almoçar juntos. Lembranças à irmãzinha do meu coração, beijo-lhe a mão. Eu pressinto que vou amá-la — acrescentou Fiódor, com toda a sinceridade. — Invejo você, meu irmão! — gritou ele, quando Aleksei já descia.

"Por que ele fica sempre se encolhendo, como se estivesse acanhado, como se achasse que está nu?", pensava Láptiev, enquanto ia pela Nikólskaia e tentava entender a mudança ocorrida em Fiódor, "E vem com uma conversa estranha: irmão, querido irmão, Deus teve misericórdia, vamos rezar, como o Iúduchka de Schedrin".[16]

---

[16] Personagem do romance *Os Golovliov*, de Mikhail Saltikov-Schedrin (1826-1889). Encarnação da avareza, da falta de caráter e da falsa religiosidade. (N. da T.)

## VI

No dia seguinte, domingo, às onze horas, ele e a esposa já estavam na Piátnitskaia, numa sege leve, de um único cavalo. Ele temia algum disparate da parte de Fiódor Stepánitch e já se sentia incomodado com antecedência. Depois de duas noites passadas na casa do marido, Iúlia Serguéievna já considerava o seu casamento um erro, uma infelicidade, e, se ela tivesse de morar com o marido não em Moscou, mas em alguma outra cidade, parecia que não conseguiria suportar esse horror. Mas Moscou a divertia, ela gostava muito das ruas, das casas, das igrejas, e, se fosse possível passear por Moscou naqueles trenós maravilhosos, puxados por cavalos caros, passear o dia inteiro, da manhã até a noite e, durante a veloz cavalgada, respirar o ar fresco do outono, então com certeza ela não se sentiria tão infeliz.

Perto de um prédio branco, de dois andares, recém-rebocado, o cocheiro deteve o cavalo e começou a virar à direita. Ali já os esperavam. Perto do portão estavam o encarregado, de cafetã novo, botas de cano alto e galochas, e dois policiais; todo o caminho, do meio da rua até o portão e depois pelo pátio até a entrada, estava salpicado de areia nova. O encarregado tirou o chapéu e bateu uma continência. Perto da entrada, Fiódor esperava-os com um rosto muito sério.

— Muito prazer em conhecê-la, irmãzinha do meu coração — disse ele, beijando a mão de Iúlia. — Seja bem-vinda.

Ele a pegou pelo braço, subiu a escada, depois atravessou o corredor, no meio de uma multidão de homens e mulheres. Na antessala também estava apertado, e cheirava a benjoim.

— Apresento-lhe agora o nosso paizinho — cochichou Fiódor, em meio a um silêncio cerimonioso e tumular. — Um velhinho venerável, *pater familias*.

Na sala grande, perto da mesa preparada para a missa, estavam Fiódor Stepánitch, um sacerdote de barrete e o diácono, visivelmente à espera. O velho estendeu a mão a Iúlia e não disse nem uma só palavra. Todos se calaram. Iúlia desconcertou-se.

O sacerdote e o diácono começaram a se paramentar. Trouxeram o incensório, de onde saltavam faíscas e saía um cheiro de benjoim e carvão. Acenderam as velas. Os empregados entraram na sala na ponta dos pés e ficaram junto à parede em duas fileiras. Todos em silêncio, ninguém nem tossia.

— Abençoai, monsenhor — começou o diácono.

Rezaram a missa com solenidade, sem deixar passar nada, e recitaram dois acatistos:[17] "A Jesus dulcíssimo" e "À santíssima mãe de Deus". O coro cantou só com a notação, muito longamente. Láptiev percebeu que a esposa há pouco se desconcertara; enquanto recitavam os acatistos e o coro introduzia três vezes, em tons diversos, o "Perdão, Senhor", ele esperava, inquieto, que a qualquer momento o velho lançasse um olhar ou fizesse alguma observação do tipo "a senhora não sabe se persignar"; tudo o irritava: para que essa multidão, para que toda essa cerimônia com popes e um coro. O estilo era comercial demais. Mas, quando ela, junto com o velho, colocou a cabeça sob o evangelho e depois algumas

---

[17] Gênero encomiástico da hinografia ortodoxa, que deve ser ouvido de pé. (N. da T.)

vezes se ajoelhou, ele entendeu que ela estava gostando de tudo aquilo, e acalmou-se.

No final do te-déum, no momento do encômio, o sacerdote ofereceu a cruz ao velho e a Aleksei, mas, quando Iúlia Serguéievna se aproximou, ele cobriu a cruz com a mão e deu a entender que queria falar. Acenaram aos cantores, para que se calassem.

— O profeta Samuel — começou o sacerdote — foi a Belém por ordem do Senhor, e então os anciãos da cidade vieram tremendo ao seu encontro e disseram: "Que tua vinda seja de paz". E disse o profeta: "Paz sobre vós. É para sacrificar a Iahweh que eu vim. Purificai-vos e vinde comigo ao sacrifício".[18] Será, Iúlia, serva de Deus, que também nós indagaremos se sua vinda trará paz para esta casa?

Iúlia enrubesceu de inquietação. Depois de concluir, o sacerdote ofereceu-lhe a cruz para beijar e disse num tom já completamente diferente:

— Agora precisamos casar Fiódor Fiódoritch. É hora.

O coro de novo pôs-se a cantar, o povo dispersou-se e tudo ficou mais barulhento. Comovido, com os olhos cheios de lágrimas, o velho beijou Iúlia três vezes, fez o sinal da cruz no rosto dela e disse:

— Essa casa é sua. Eu sou um velho, não preciso de nada.

Os caixeiros cumprimentavam e diziam alguma coisa, mas o coro cantava tão alto que não se distinguia nada. Depois tomaram o café da manhã, beberam champanhe. Ela se sentou ao lado do velho, ele lhe disse que não era bom viver cada um por si, deviam viver juntos, numa única casa, que as separações e discórdias levam à ruína.

— Eu juntei, mas os filhos só gastam — disse ele. —

---

[18] 1 Samuel, 16, 4-5, *Bíblia de Jerusalém*, São Paulo, Paulus, 2008. (N. da T.)

Agora vocês vão morar comigo na mesma casa e juntar. Eu já sou um velho, está na hora de descansar.

Diante dos olhos de Iúlia irrompia Fiódor o tempo todo, muito parecido com o marido, porém mais ágil e mais acanhado; alvoroçava-se ao redor dela e, com frequência, beijava a sua mão.

— Nós, irmãzinha, somos pessoas simples — dizia, e nesse momento manchas vermelhas surgiam em seu rosto.

— Vivemos com simplicidade, à moda russa, à moda cristã, irmãzinha do meu coração.

Quando voltavam para casa, muito satisfeito porque tudo tinha saído bem e, ao contrário do esperado, não acontecera nada de excepcional, Láptiev disse à esposa:

— Você deve estar surpresa: como um pai robusto, espadaúdo, pode ter filhos tão baixos e mirrados como eu e Fiódor. Ah, mas é fácil de entender! O pai casou-se com a nossa mãe quando tinha 45 anos, e ela apenas dezessete. Na presença dele, ela ficava pálida e trêmula. Nina nasceu primeiro, nasceu de uma mãe relativamente saudável, por isso saiu mais forte e melhor do que nós; já eu e Fiódor fomos concebidos e nascemos quando a mãe já se consumira, por causa do medo permanente. Eu lembro que o pai começou a me dar lições, ou, em outras palavras, começou a me bater, quando eu não tinha ainda nem cinco anos de idade. E açoitava com chicote, puxava a orelha, batia na cabeça; toda manhã, ao acordar, o primeiro pensamento era: será que vão me esfolar hoje? Proibiam Fiódor e eu de brincar e fazer travessuras; tínhamos de frequentar as matinas e a missa do meio-dia, beijar a mão dos popes e dos monges, recitar em casa os acatistos. Você é religiosa, então gosta disso tudo, mas eu tenho medo da religião, quando passo em frente a uma igreja, lembro da minha infância e fico apavorado. Aos oito anos de idade, já me levavam para o armazém; eu trabalhava como um menino qualquer, e isso não fazia bem, pois me batiam ali quase todo dia. Depois, quando me mandaram para o ginásio, eu estudava até a hora do almoço, a partir daí até a noite, devia ficar lá mesmo no armazém, e assim até os 22 anos de idade, até que na universidade conheci Iártsiev, e ele me convenceu a sair da casa do pai. Esse Iártsiev me fez muito bem. Sabe de uma coisa — disse Láptiev e começou a rir, satisfeito —, vamos agora mesmo visitar Iártsiev. É o mais nobre dos homens! Como ele vai ficar comovido!

VII

Num sábado de novembro, o maestro Anton Rubinstein regia a sinfônica. Estava muito cheio e quente. Láptiev ficou de pé, atrás das colunas, a sua esposa e Kóstia Kotchevoi sentaram-se lá na frente, na terceira ou quarta fila. Bem no início do entreato, de modo completamente inesperado, passou por ele "aquela" Polina Nikoláievna Rassúdina. Depois do casamento, com frequência ele se inquietava ao pensar num possível encontro com ela. Agora que ela olhava para ele aberta e diretamente, Láptiev lembrou que, até então, não fora se explicar nem escrevera ao menos duas ou três linhas num tom amigável, era como se estivesse se escondendo dela; ele ficou envergonhado e enrubesceu. Ela apertou a mão dele com força e ímpeto e perguntou:

— O senhor viu Iártsiev?

E, sem esperar a resposta, seguiu adiante com determinação, a passos largos, como se alguém a empurrasse por trás.

Era uma mulher muito magra e feia, de nariz comprido, de rosto sempre fatigado, sofrido, parecendo que lhe custava um grande esforço manter os olhos abertos e não cair. Tinha olhos escuros maravilhosos e uma expressão inteligente, bondosa e sincera, mas os movimentos eram angulosos, abruptos. Conversar com ela não era fácil, pois não conseguia ouvir nem falar com tranquilidade. E amá-la era bem difícil. Às vezes, sozinha com Láptiev, ela gargalhava longamente, tapava o rosto com as mãos e garantia que o amor para ela não era o mais importante na vida, amaneirava-se como uma moça de dezessete anos de idade, e antes de beijá-la era preciso apagar todas as velas. Ela tinha já trinta anos. Casara-se com um pedagogo, mas há muito tempo não morava com o marido. Garantia a sobrevivência com aulas de música e participações em quartetos.

Na hora da nona sinfonia, de novo ela passou por ele, como se por acaso, mas uma multidão de homens, de pé atrás das colunas como uma parede compacta, não lhe abriu caminho, e ela teve de parar. Láptiev viu nela a mesma blusinha de veludo que ela usara nos concertos dos anos passado e retrasado. As luvas eram novas, o leque também era novo, mas barato. Ela gostava de se arrumar, mas não tinha gosto, ficava com pena de gastar, vestia-se mal e sem cuidado, de modo que na rua, quando ia com pressa e a passos largos dar aula, habitualmente era fácil confundi-la com um jovem noviço.

O público aplaudia e gritava bis.

— O senhor vai passar a noite de hoje comigo — disse Polina Nikoláievna, aproximando-se de Láptiev e olhando-o com severidade. — Daqui iremos tomar chá juntos. Está ouvindo? Eu exijo isso. O senhor me deve muito e não tem o direito moral de recusar essa bobagem.

— Está bem, vamos — concordou Láptiev.

Concluída a sinfonia, não paravam de chamar os artistas de volta. Depois o público levantou-se e começou a sair bem lentamente, e Láptiev não podia ir embora sem conversar antes com a esposa. Teve de ficar junto à porta e esperar.

— Estou morta de vontade de tomar chá — queixou-se Rassúdina.

— Podemos beber aqui — disse Láptiev —, vamos ao bufete.

— Mas eu não tenho dinheiro para jogar fora em bufetes. Não sou da laia dos comerciantes.

Ele ofereceu o braço, ela recusou depois de arrastar uma frase longa e maçante, que ele já ouvira muitas vezes, a saber: que ela não se reconhecia como o maravilhoso sexo frágil e não precisava dos serviços dos senhores homens.

Enquanto conversava com ele, observava o público e com frequência cumprimentava conhecidos; eram suas colegas dos cursos de Guerrier e do conservatório, além de alunos e alunas. Ela apertava a mão deles com força e ímpeto, como se desse um arranco. Mas eis que, de repente, começou a encolher os ombros e a tremer, como se estivesse febril, e afinal falou baixinho, lançando um olhar apavorado a Láptiev:

— Com quem o senhor foi casar! Por acaso estava cego, seu louco? O que o senhor viu nessa menininha boba e insignificante? Já eu amava o senhor por sua inteligência, por sua alma, enquanto essa boneca de louça precisa só do seu dinheiro!

— Deixemos disso, Polina — disse ele, com voz suplicante. — Tudo o que a senhora pode me dizer sobre o meu casamento, eu próprio já disse a mim mesmo muitas vezes... Não me cause dor em vão.

Apareceu Iúlia Serguéievna, de vestido preto e com um broche grande de brilhante, que o sogro lhe mandara depois da missa; atrás dela, vinha o seu séquito: Kotchevoi, dois conhecidos do médico, um oficial e um rapaz muito novo, de sobrenome Kich, num uniforme de estudante.

— Vá com Kóstia — disse Láptiev à esposa. — Irei depois.

Iúlia balançou a cabeça e seguiu adiante. Polina Nikoláievna acompanhou-a com o olhar, tremendo inteira e encolhendo-se nervosamente, e o seu olhar estava cheio de nojo, ódio e dor.

Láptiev tinha medo de ir à casa dela, pressentia uma explicação desagradável, palavras ríspidas e lágrimas, então propôs tomarem chá num restaurante. Mas ela disse:

— Não! Vamos para a minha casa. Não ouse falar comigo em restaurantes.

Ela não gostava de frequentar restaurantes porque o cheiro deles parecia-lhe envenenado pelo tabaco e pela respiração dos homens. Relacionava-se com todos os homens desconhecidos com estranha prevenção, considerava-os todos capazes de se lançarem para cima dela a qualquer minuto. Além disso, irritava-se com a música das tavernas a ponto de sentir dor de cabeça.

Saindo da sessão beneficente, pegaram uma sege até a Ostójenka, na travessa Savielovski, onde morava Rassúdina. Durante todo o trajeto, Láptiev pensava nela. Na realidade, ele devia muita coisa a ela. Tinham sido apresentados um ao outro pelo amigo Iártsiev, ao qual ela dava aulas de teoria musical. Ela se apaixonara por ele com intensidade, sem nenhuma cobiça e, vivendo com ele, continuou a dar aulas e a trabalhar como antes, até o esgotamento. Graças a ela, Láptiev começara a compreender e a gostar de música, que antes o deixava quase indiferente.

— Meio reino por um copo de chá! — disse ela, com voz surda, tapando a boca com a *mufta*,[19] para não resfriar. — Eu dei cinco aulas, é o diabo! Uns alunos tão obtusos, tão avarentos que por pouco não morro de raiva. E não sei quando terminará esse trabalho forçado. É um tormento só. Assim que juntar trezentos rublos, largo tudo e vou para a Crimeia. Vou ficar estirada na praia, tragando oxigênio. Como eu gosto do mar, ah, como eu gosto do mar.

— A senhora não vai a lugar nenhum — disse Láptiev.
— Em primeiro lugar, não vai juntar nada, e em segundo é avarenta. — Perdão, mas eu repito de novo: será que juntar

---

[19] Agasalho para as mãos, de formato cilíndrico, feito de pele ou tecido. (N. da T.)

esses trezentos rublos, contando copeques de gente ociosa, que estuda música com a senhora por não ter mais o que fazer, é menos humilhante do que pegá-los de empréstimo com os amigos?

— Eu não tenho amigos! — disse ela, irritada. — E peço ao senhor que não diga bobagens. A classe trabalhadora, à qual eu pertenço, tem um privilégio: a consciência da própria integridade, o direito de não pegar empréstimos da laia dos comerciantes, de desprezar. Não, não vai me comprar! Eu não sou uma Iúlitchka!

Láptiev nem tentou pagar a sege, sabendo que isso despertaria toda uma torrente de palavras, já ouvidas muitas vezes antes. Ela mesma pagou.

Ela alugava um cômodo pequeno, com mobília e refeição, no apartamento de uma dama solitária. O seu piano Becker por enquanto estava na casa de Iártsiev, na Bolchaia Nikítskaia, e todo dia ela ia até lá tocar. No seu cômodo, havia poltronas encapadas, uma cama com cobertor branco de verão e flores da dona da casa e, nas paredes, oleografias; não havia nada que lembrasse que ali morava uma mulher e ex-cursista. Não havia penteadeira, nem livros, nem mesmo uma escrivaninha. Via-se que ela ia dormir assim que chegava em casa e, levantando-se de manhã, saía no mesmo instante.

A cozinheira trouxe o samovar. Polina Nikoláievna preparou o chá e, ainda trêmula — fazia frio no cômodo —, começou a xingar os artistas que tinham apresentado a nova sinfonia. Os seus olhos fechavam-se de cansaço. Ela tomou um copo, depois outro, e um terceiro.

— Quer dizer que está casado — disse ela. — Pode deixar, não se preocupe, não vou azedar a sua vida, eu consigo arrancá-lo do meu coração. Mas é decepcionante e penoso saber que o senhor é uma porcaria, igual aos outros, que o senhor precisa, numa esposa, não de inteligência, nem de intelecto, mas de corpo, de beleza, de juventude... Juventude!

— arrastou ela num tom nasalado, como se imitasse outra pessoa, e pôs-se a rir. — Juventude! O senhor precisa de pureza, de *Reinheit*![20] *Reinheit*! — gargalhava ela, jogando-se contra o encosto da poltrona. — *Reinheit*!

Quando terminou de gargalhar, tinha olhos de choro.

— O senhor está feliz, pelo menos? — perguntou ela.

— Não.

— Ela o ama?

— Não.

Láptiev sentia-se infeliz, levantou-se, inquieto, e começou a andar pelo cômodo.

— Não — repetiu ele. — Eu, Polina, se a senhora quer saber, sou muito infeliz. O que fazer? Fiz uma besteira, agora já não há como corrigir. É preciso considerar isso filosoficamente. Ela se casou sem amor, por estupidez, talvez até por avareza, mas não refletiu e agora é visível que reconhece o próprio erro e está sofrendo. Eu vejo isso. À noite dormimos, mas, durante o dia, ela tem medo de ficar sozinha comigo, ainda que cinco minutos, e procura diversões, companhia. Comigo ela se sente envergonhada e apavorada.

— Mas, de qualquer modo, gasta o seu dinheiro!

— Bobagem, Polina! — gritou Láptiev. — Ela gasta o meu dinheiro porque, para ela, definitivamente, tanto faz ter dinheiro ou não. Ela é uma pessoa honesta e pura. Casou-se comigo apenas porque queria sair da casa do pai, e pronto.

— Mas tem certeza de que ela teria aceitado se o senhor não fosse rico? — perguntou Rassúdina.

— Não tenho certeza de nada — disse Láptiev, angustiado — De nada. Eu não entendo nada. Pelo amor de Deus, Polina, não vamos falar disso.

— O senhor a ama?

---

[20] Em alemão no original, "pureza", "inocência". (N. da T.)

— Enlouquecidamente.

Então baixou um silêncio. Ela tomou o quarto copo, enquanto ele andava e pensava que a sua esposa, decerto, devia estar agora no clube dos médicos, jantando.

— Mas será que é possível amar sem saber por quê? — perguntou Rassúdina e encolheu os ombros. — Não, o que o senhor está sentindo é a voz da paixão animal! O senhor está embriagado! O senhor foi envenenado por aquele corpo bonito, aquele *Reinheit*! Afaste-se de mim, o senhor tem a alma suja! Vá atrás dela!

Ela fez um sinal com a mão, depois pegou o chapéu e lançou-o em cima dele. Láptiev vestiu o casaco em silêncio e saiu, mas ela correu até a antessala e, trêmula, agarrou-o pelo braço, na altura do ombro, e desatou a chorar.

— Pare, Polina! Basta! — disse ele, e não conseguia de jeito nenhum soltar os dedos dela. — Acalme-se, eu lhe peço!

Ela fechou os olhos e empalideceu, e o seu nariz longo tomou uma cor desagradável, de cera, como uma morta, e Láptiev não conseguia soltar os seus dedos de jeito nenhum. Ela desmaiou. Ele a pegou com cuidado e colocou-a na cama, sentou-se a seu lado uns dez minutos, enquanto ela se recobrava. As suas mãos estavam frias, o pulso fraco, intervalado.

— Vá para casa — disse ela, abrindo os olhos. — Vá, senão eu vou recomeçar a choradeira. É preciso tomar as rédeas do próprio destino.

Ao sair da casa dela, ele foi não para o clube dos médicos, onde o esperavam, mas para casa. Durante todo o caminho, recriminava-se com perguntas: por que não tinha formado família com essa mulher, que tanto o amava e já era, na verdade, a sua esposa e amiga? Era a única pessoa que estava ligada a ele por amor e, além disso, não seria uma forma de agradecimento, uma tarefa digna dar felicidade, abrigo e tranquilidade a esse ser inteligente, orgulhoso e martirizado pelo trabalho? Será que cai bem a mim, perguntava ele a si mesmo, essas pretensões à beleza, à juventude, a uma felicidade que não posso ter e que, como se por castigo ou zombaria, já há três meses me mantém num estado sombrio e opressivo? A lua de mel há muito passara, mas ele, é engraçado dizer, ainda não sabia que tipo de pessoa era a esposa. Às amigas do instituto e ao pai ela escrevia cartas longas, de cinco folhas, e achava assunto, mas com ele falava apenas sobre o tempo e sobre a hora de almoçar ou de jantar. Quando ela, antes de dormir, rezava longamente e depois beijava cruzinhas e ícones, ele olhava para ela e pensava com ódio: "Aí está, rezando, mas pra quê? Para quê?". Em pensamento, ofendia a si mesmo e à esposa, afirmando que, ao dormir com ela e ao recebê-la em seus braços, obtinha aquilo pelo que pagava, mas isso era terrível; ainda se fosse uma mulher animada, corajosa, pecadora, mas ali havia juventude, religiosidade, docilidade, olhos inocentes e puros... Quando ela era sua noiva, a sua religiosidade o tocava, já agora aquela mesma convicção convencional de opinião e de crença parecia-lhe um obstáculo, através do qual não era possível enxergar a verdade. Em sua vida familiar, tudo era já martirizante. Quando a esposa, sentada a seu lado no teatro, suspirava ou gargalhava sinceramente, ele se amargurava porque ela aproveitava tudo sozinha, não queria dividir com ele o seu êxtase. E era visível que ela travava amizade com todos os amigos dele, e todos eles já sabiam que tipo de pessoa era ela, mas ele não sabia de nada, apenas sofria de melancolia e de ciúmes em silêncio.

Ao chegar em casa, Láptiev vestiu o roupão, calçou os chinelos e sentou-se no gabinete para ler um romance. A esposa não estava. Porém, havia passado não mais de meia hora, quando tocaram a campainha na entrada e ouviram-se os passos surdos de Piotr, correndo para abrir. Era Iúlia. Ela entrou no gabinete de casaquinho de pele, com as faces vermelhas por causa do frio.

— Na Presnia há um grande incêndio — disse ela, ofegante. — Um clarão enorme. Vou até lá com Konstantin Ivánitch.

— Vá com Deus!

A visão da saúde, do frescor e da paixão infantil nos seus olhos acalmou Láptiev. Ele leu ainda meia hora e foi dormir.

No dia seguinte, Polina Nikoláievna enviou-lhe ao armazém dois livros, que ela tomara emprestados dele, junto com todas as suas cartas e fotografias; além disso, havia um bilhete, que consistia em apenas uma palavra: "Basta!".

# VIII

Já no final de outubro, Nina Fiódorovna teve uma clara recidiva. Emagreceu rapidamente, e o seu rosto mudou. Apesar das dores fortes, ela imaginava que já estava se recuperando e toda manhã vestia-se como se estivesse bem, depois passava o dia inteiro na cama com aquela roupa. No final, ela tornava-se cada vez mais falante. Deitada de costas, falava baixinho, num grande esforço, respirando com dificuldade. Ela faleceu de repente, nas seguintes circunstâncias.

Era uma noite enluarada e clara, na rua trenós corriam pela neve fresca e ao cômodo chegavam ruídos de fora. Nina Fiódorovna estava deitada de costas, na cama, e Sacha, que já não tinha quem a substituísse, cochilava ao lado dela.

— O patronímico dele eu não me lembro — contava Nina Fiódorovna baixinho —, mas ele se chamava Ivan, o sobrenome era Kotchevoi, um funcionário público pobre. Bebia pra valer, que esteja no reino dos céus. Ele vinha à nossa casa e todo mês dávamos a ele meio quilo de açúcar e um punhado de chá. E dinheiro também, às vezes. Era assim... Depois aconteceu isto: o nosso Kotchevoi bebeu feito louco e morreu, consumido pela vodca. Deixou um filhinho, uma gracinha de menino, de uns sete anos. Um orfãozinho... Nós o pegamos e escondemos junto com os caixeiros, e ele viveu ali um ano inteiro, sem papai saber. Mas quando paizinho viu o menino, só fez um gesto com a mão e não disse nada. Quando Kóstia, esse orfãozinho, fez nove aninhos, naquela época eu já era noiva, andei com ele por todos os ginásios. Zanzamos daqui pra lá e nada, não o recebiam em lugar nenhum. E ele chorando. "Por que está chorando, seu bobinho?", eu perguntava. Levei-o ao Razguliai, ao segundo ginásio, e lá, Deus os abençoe, aceitaram... E o menininho então ia todo dia a pé, da Piátnitskaia até o Razguliai, e do Razguliai até a Piátnitskaia... Aliocha pagava para ele... Graças a Deus, o menino estudou direitinho, mergulhou nos estudos, e dele saiu um homem útil... É advogado agora em Moscou, amigo de Aliocha, essa ciência superior. Aí está, não desprezamos o ser humano, recebemos o menino em nossa casa, e agora ele, com certeza, reza por nós... Com certeza...

Nina Fiódorovna começou a falar cada vez mais baixo, com longas pausas, depois se calou um pouco e, de repente, ergueu-se e sentou-se.

— Há algo errado... parece que não estou bem — disse ela. — Deus me perdoe. Ai, não consigo respirar!

Sacha sabia que a mãe morreria em breve, ao ver agora o seu rosto encovado, percebeu que era o fim e assustou-se.

— Mãezinha, não faça isso! — gritava aos prantos. — Não faça isso!

— Vá correndo à cozinha, peça para chamarem o seu pai. Não estou nem um pouco bem.

Sacha corria por todos os cômodos e chamava, mas, em toda a casa, não havia um só criado e apenas na copa, sobre um baú, dormia Lida, de roupa e sem travesseiro. Sacha, como estava, sem galochas, saiu correndo pelo pátio, depois pela rua. Além do portão, num banquinho, estava sentada a babá, olhando os trenós. Do rio, onde patinavam, chegava um som de música militar.

— Ama, mamãe está morrendo! — disse Sacha, em prantos. — É preciso chamar o papai!

A babá subiu ao quarto, lançou um olhar à doente, enfiou em suas mãos uma vela acesa. Sacha, apavorada, andava de um lado a outro e suplicava, sem saber a quem, que fossem buscar o papai, depois ela mesma vestiu o casaco, pegou um xale e correu para a rua.

Da criadagem, ela soubera que o pai tinha outra mulher e mais duas filhas e que morava com elas na Bazárnaia. Ela saiu correndo pelo lado esquerdo do portão, chorando, com medo dos estranhos, e logo começou a afundar na neve e a sentir muito frio.

Ela viu uma sege vazia, mas não quis tomá-la: sabe-se lá, de repente, podiam levá-la para fora da cidade, roubá-la, jogá-la no cemitério (na hora do chá, a criadagem tinha falado disso: houvera um caso assim). Ela continuou andando, andando, ofegante de cansaço, soluçando. Ao entrar na Bazárnaia, ela perguntou onde é que morava o senhor Panaúrov. Uma mulher desconhecida explicou-lhe longamente e, vendo que ela não entendia nada, levou-a pela mão até uma casa de dois andares, com uma escada na entrada. A porta estava destrancada. Sacha passou correndo pela antessala, depois pelo corredor e foi parar num cômodo quente e claro, onde, em torno do samovar, estava o pai e, junto com ele, uma dama e duas meninas. Mas ela já não conseguia pronunciar nenhuma palavra e apenas soluçava. Panaúrov entendeu.

— A mamãe está passando mal, hem? — perguntou ele. — Diga, minha menina: mamãe está passando mal?

Ele ficou aflito e mandou chamar um cocheiro.

Quando chegaram à casa, Nina Fiódorovna estava sentada, cercada de travesseiros, com a vela na mão. Tinha o rosto escuro e os olhos fechados. No quarto, amontoados junto à porta, estavam a babá, a cozinheira, a arrumadeira, o mujique Prokofi e ainda alguns desconhecidos, pessoas simples. A babá dava ordens baixinho, e não a compreendiam. No fundo do cômodo, perto da janela, estava Lida, pálida e sonolenta, olhando com severidade para a mãe.

Panaúrov tirou a vela das mãos de Nina Fiódorovna e, franzindo o cenho, jogou-a na cômoda, com nojo.

— Isso é horrível! — disse ele, e os seus ombros estremeceram. — Nina, você precisa se deitar —, disse carinhosamente. — Deite-se, querida.

Ela olhou e não o reconheceu... Deitaram-na de costas. Quando o sacerdote e o médico Serguei Boríssitch chegaram, a criadagem devota já se persignava e rezava por ela.

— Veja só como são as coisas! — disse o médico, pensativo, passando à sala de estar. — Ainda jovem, não tinha nem quarenta.

Ouviam-se os soluços das meninas. Panaúrov, pálido, de olhos úmidos, aproximou-se do médico e disse com voz fraca:

— Meu querido, faça um favor, mande um telegrama a Moscou. Eu definitivamente não tenho forças.

O médico arranjou um tinteiro e escreveu à filha o seguinte telegrama: "Panaúrova faleceu oito noite. Diga marido: vendem casa Dvoriánskaia com dívida, pagar mais nove. Leilão 19. Aconselho não perder".

## IX

Láptiev morava numa travessa da Málaia Dmítrovka, perto de Stari Pimen. Além de uma casa grande de frente para a rua, ele alugava também um anexo de dois andares, no mesmo pátio, para o seu amigo Kotchevoi, assistente de advogado, que todos os Láptiev chamavam apenas de Kóstia, já que crescera à vista de todos eles. Do lado oposto do anexo havia outro, também de dois andares, em que morava uma família francesa, composta do marido, mulher e cinco filhas.

Estava muito frio, por volta de -20°C. As janelas cobriam-se de gelo. Ao despertar, de manhã, Kóstia, com expressão preocupada, tomou quinze gotas de um remédio, depois pegou no armário dois halteres e ficou fazendo ginástica. Ele era alto, muito magro, de bigodes arruivados e grandes; o mais notável de sua aparência, porém, eram as pernas extraordinariamente longas.

Piotr, mujique na meia-idade, de paletó e calças de chita, enfiadas nas botas de cano alto, trouxe o samovar e preparou o chá.

— Muito bom o tempo hoje, Konstantin Ivánitch — disse ele.

— É, está bom, irmão, pena só que a nossa vida seja assim, não muito boa.

Piotr suspirou, com respeito.

— Como estão as meninas? — perguntou Kotchevoi.

— O sacerdote não veio, Aleksei Fiódoritch está cuidando delas sozinho.

Kóstia encontrou na janela um lugarzinho que não estava coberto de gelo e começou a olhar no binóculo, dirigindo-o para as janelas, onde morava a família francesa.

— Não se vê nada — disse ele.

Nessa hora, lá embaixo, Aleksei Fiódoritch ensinava catecismo a Sacha e Lida. Já há um mês e meio elas moravam em Moscou, no primeiro andar da casa anexa, junto com a preceptora, e recebiam a visita de um professor da escola municipal e de um sacerdote três vezes por semana. Sacha estudava o Novo Testamento, enquanto Lida há pouco começara o Antigo. Na última vez, tinham dado a Lida a tarefa de decorar até Abraão.

— Então Adão e Eva tiveram dois filhos — disse Láptiev. — Excelente. Mas como eles se chamavam? Tente lembrar!

Lida calava-se, sombria como antes, olhava para a mesa e apenas movimentava os lábios; a mais velha, Sacha, olhava para ela e afligia-se.

— Você sabe muito bem, é só não ficar nervosa — disse Láptiev. — Pois, então, como se chamam os filhos de Adão?

— Abel e Cabel — murmurou Lida.

— Caim e Abel — corrigiu Láptiev.

Pela face de Lida escorreu uma lágrima grossa, que pingou no livrinho. Sacha também baixou os olhos e enrubesceu, prestes a chorar. Láptiev, com pena, já não conseguia falar, as lágrimas subiam-lhe à garganta; ele se levantou da mesa e acendeu um cigarro. Nessa hora, Kotchevoi desceu com o jornal nas mãos. As meninas levantaram-se e, sem olhar para ele, fizeram uma reverência.

— Por Deus, Kóstia, estude com elas — disse-lhe Láptiev. — Receio começar eu mesmo a chorar e antes do almoço preciso dar uma passada no armazém.

— Certo.

Aleksei Fiódoritch saiu. Kóstia, com o rosto muito sério, franzindo a testa, sentou-se à mesa e puxou para si a história sagrada.

— Então? — perguntou ele. — Onde estavam?

— Ela sabe do dilúvio — disse Sacha.

— Sobre o dilúvio? Certo, vamos preparar o dilúvio. Ao dilúvio. — Kóstia percorreu rapidamente a breve descrição do dilúvio no livrinho e disse: — Eu tenho de comentar que esse dilúvio, como está descrito aqui, na verdade não aconteceu. E não houve nenhum Noé. Alguns milhares de anos antes do nascimento de Cristo, aconteceu na terra uma inundação extraordinária, e isso mencionam não apenas na bíblia judaica, mas também em livros de outros povos antigos, como gregos, caldeus e indianos. Mas mesmo sendo uma inundação enorme, ela não poderia inundar toda a terra. As planícies, é claro, ficaram alagadas, mas as montanhas, na certa, permaneceram secas. Vocês podem ler esse livrinho, mas não acreditem muito nisso, não.

Em Lida de novo desceram lágrimas, ela virou-se e, de repente, pôs-se a soluçar tão alto que Kóstia estremeceu e levantou-se do lugar, muito perturbado.

— Eu quero ir pra casa — arrastou ela. — Pra perto do papai e da nossa ama.

Sacha também começou a chorar. Kóstia subiu e conversou ao telefone com Iúlia Serguéievna.

— Pombinha, as meninas estão chorando de novo. Não há como.

Iúlia Serguéievna acorreu da casa grande só de vestido e com um xale tricotado, através do qual penetrava o frio, e começou a consolar as meninas.

— Acreditem em mim, acreditem — disse ela, com voz suplicante, apertando contra si ora uma, ora outra —, o seu pai chega hoje, ele mandou um telegrama. Vocês sentem fal-

Três anos 73

ta da mamãe, eu também, fico com o coração partido, mas o que fazer? Nada podemos contra Deus!

Quando elas pararam de chorar, Iúlia agasalhou-as e levou-as para passear. Primeiro passaram pela Málaia Dmítrovka, depois em frente a Strastnoi, na Tverskaia; perto da Íverskaia pararam, colocaram uma vela e rezaram, de joelhos. Na volta, passaram na confeitaria Filippov e compraram carneiro magro com papoula.

Os Láptiev almoçavam depois das duas. Piotr servia a comida. Esse Piotr, durante o dia, ia de um canto a outro como um lacaio, ora ao correio central, ora ao armazém, ora ao tribunal regional a pedido de Kóstia; à noite, enrolava e cortava cigarros, de madrugada ia logo trancar a porta e antes das cinco já punha lenha no fogo, e ninguém sabia quando ele dormia. Ele gostava muito de arrancar a rolha da água Selters e fazia isso facilmente, sem barulho, sem derramar nem uma gota.

— Deus ajude! — disse Kóstia, entornando um cálice de vodca antes da sopa.

No início Iúlia Serguéievna não gostava de Kóstia; sua voz de baixo, suas palavrinhas, do tipo "enxotei", "enfiei a mão na fuça", "porcaria" e "dar uma de samovar", o seu hábito de brindar e murmurar algo antes de virar o cálice pareciam-lhe vulgares. Mas, depois de conhecê-lo melhor, começou a se sentir muito bem na sua presença. Ele era sincero com ela, gostava de conversar à noite, à meia-voz, sobre assuntos diversos e até lhe dava para ler romances que ele mesmo escrevia e que até então eram segredo mesmo para amigos como Láptiev e Iártsiev. Ela lia os romances e, para não ofendê-lo, elogiava-os, e ele ficava feliz, pois tinha intenção de se tornar um escritor famoso mais cedo ou mais tarde. Nos romances, descrevia apenas aldeias e propriedades de senhores de terras, embora raras vezes tivesse visto uma aldeia, apenas quando visitava conhecidos na datcha, e tivesse conhecido grandes propriedades uma única vez na vida, quando fora à cidade de Volokolamsk por questões judiciais. Do elemento amoroso ele fugia, como se tivesse vergonha; descrevia a natureza com frequência e, nessas horas, gostava de usar expressões como "caprichosos contornos das montanhas", "extravagantes formas das nuvens" ou "acorde de consonâncias misteriosas"... Os seus romances nunca tinham sido publicados em lugar nenhum, e isso ele explicava por questões da censura.

A ocupação de advogado agradava-o, mas, apesar disso, ele considerava mais importante não a sua atividade na advocacia, mas esses romances. Acreditava ter uma disposição interna para a arte e o tempo todo se sentia atraído por ela. Não cantava nem tocava nenhum instrumento e era inteiramente privado de ouvido musical, mas frequentava todos os serões sinfônicos e filarmônicos, organizava concertos com fins beneficentes, apresentava-se aos cantores...

Na hora do almoço, ficaram conversando.

— Negócio curioso — disse Láptiev —, de novo o meu Fiódor me deixou num beco sem saída! Diz que é preciso descobrir quando se completarão cem anos da nossa firma, para então cuidar dos papéis para o título de nobreza, e fala isso com a maior seriedade. O que aconteceu com ele? Para falar sinceramente, começo a me preocupar.

Falaram de Fiódor, do fato de que agora era moda mostrar-se alguma outra coisa. Por exemplo, Fiódor fazia o possível para parecer um simples comerciante, embora já não fosse comerciante, e quando o professor da escola onde o pai era curador vinha procurá-lo para pegar o ordenado, ele até mudava a voz e o modo de andar e comportava-se como se fosse chefe do professor.

Depois do almoço, não havia nada para fazer, então foram para o gabinete. Falaram dos decadentes, do espetáculo *A donzela de Orleans*, e Kóstia leu um monólogo inteiro;

parecia-lhe que imitava muito bem Iermôlova.[21] Depois jogaram uíste. As meninas não foram para casa, no anexo, mas ficaram sentadas as duas numa única poltrona, pálidas, pesarosas, tentando distinguir os sons da rua: não seria o pai? À noite, na escuridão e à luz de velas, elas costumavam entristecer. A conversa durante o uíste, os passos de Piotr, o estrepitar na lareira irritavam-nas e tiravam-lhes a vontade de olhar o fogo; à noite já não queriam nem chorar, mas ficavam apavoradas, com o coração apertado. E não conseguiam compreender: como é que podiam conversar e rir se mamãe estava morta.

— O que o senhor viu hoje pelo binóculo? — perguntou Iúlia Serguéievna a Kóstia.

— Hoje nada, mas ontem o velho francês tomou banho.

Às sete horas Iúlia Serguéievna e Kóstia foram ao teatro Máli. Láptiev ficou com as meninas.

— Já é hora do seu papai chegar — disse ele, olhando as horas. — Vai ver o trem atrasou.

As meninas continuavam na poltrona, caladas, apertadas uma contra a outra, como bichinhos no frio, enquanto ele o tempo todo andava pelos cômodos e, impaciente, olhava o relógio. Na casa estava silencioso. Mas eis que perto das nove horas, alguém tocou a campainha. Piotr foi abrir.

Ao ouvir a voz conhecida, as meninas gritaram, puseram-se a chorar e correram para a antessala. Panaúrov vestia um casaco de pele suntuoso, a barba e os bigodes estavam embranquecidos de frio.

— Já, já — resmungava ele, enquanto Sacha e Lida, rin-

---

[21] Referência à ópera de Piotr Tchaikóvski, composta em 1878-9, baseada na obra homônima de Friedrich von Schiller. Maria Nikoláievna Iermôlova (1853-1928) foi uma atriz dramática que atuou no papel principal de *A donzela de Orleans* no teatro Máli. (N. da T.)

do e chorando, beijavam-lhe as mãos geladas, o gorro, o casaco de pele.

Bonito, lânguido, mimado pelo amor, ele acariciou as meninas sem pressa, depois entrou no gabinete e disse, esfregando as mãos:

— Eu não vou ficar muito tempo, meus amigos. Amanhã viajo para Petersburgo. Prometeram me transferir para outra cidade.

Ele estava hospedado no "Dresden".

X

Na casa dos Láptiev com frequência aparecia Ivan Gavrílitch Iártsiev. Era um homem saudável, forte, de cabelos pretos, rosto inteligente e agradável; consideravam-no bonito, mas, nos últimos tempos, ele começara a engordar e isso tinha estragado o seu rosto e a sua figura; estragava-o também aqueles cabelos cortados tão rente, quase raspados. Na universidade, certa época, graças à sua boa altura e força, os estudantes chamavam-no leão de chácara.

Junto com os irmãos Láptiev, ele terminou a faculdade de filologia, depois entrou nas ciências naturais e agora era mestre em química. Não tinha esperanças de conseguir uma cátedra e não era nem mesmo assistente em lugar nenhum, mas ensinava física e história natural na escola científica e em dois ginásios femininos. Entusiasmava-se com os alunos, principalmente as alunas, e dizia que estava crescendo agora uma geração notável. Além de química, ainda se dedicava a sociologia e história russa em casa, e às vezes publicava observações breves em jornais e revistas e assinava com a letra Ia. Quando falava algo sobre botânica ou zoologia, parecia um historiador, já quando tratava de alguma questão histórica, parecia um biólogo.

Na família dos Láptiev, havia também Kich, praticamente um parente, apelidado de eterno estudante. Ele frequentou a faculdade de medicina durante três anos, depois passou para matemática e ficava dois anos em cada curso. O seu pai, um farmacêutico da província, enviava-lhe quarenta rublos por mês, e, às escondidas do pai, a mãe mandava mais dez, e esse dinheiro bastava-lhe para sobreviver, e até com luxos como um capote de gola de castor polonês, luvas, perfumes e fotografias (ele tirava fotos com frequência e distribuía seus retratos aos conhecidos). Limpinho, um pouquinho calvo, com suíças arruivadas perto das orelhas, modesto, tinha sempre a aparência de alguém pronto a servir. O tempo todo se atarefava com coisas alheias: ora saía correndo com uma lista de assinaturas, ora congelava junto ao caixa do teatro no despontar da manhã, para comprar ingresso a alguma dama conhecida, ora ia encomendar uma coroa ou buquê a pedido de outros. A respeito dele, constantemente diziam: Kich vai sair, Kich vai fazer, Kich vai comprar. Na maioria das vezes, cumpria mal as incumbências. Sobre ele, choviam recriminações, com frequência esqueciam de lhe pagar pelas compras, mas ele ficava sempre calado e, nos casos mais difíceis, apenas suspirava. Nunca se alegrava em especial, nem se ofendia, conversava sempre longa e tediosamente e a sua sagacidade toda vez despertava o riso, apenas porque não era engraçada. Assim, certa vez, com intenção de gracejar, ele disse a Piotr: "Piotr, meu amigo, você não é um mendigo", e isso despertou o riso geral e ele próprio riu longamente, satisfeito por ter feito uma boa piada. Sepultaram certa vez um professor, e ele foi à frente, junto com os que seguravam os archotes.

Iártsiev e Kich costumavam chegar no final da tarde, para o chá. Quando os anfitriões não tinham de ir a algum teatro ou concerto, o chá da tarde estendia-se até o jantar. Numa noite de fevereiro, aconteceu na copa a seguinte conversa:

— A obra artística só é significativa e útil quando sua ideia contém um objetivo social sério — disse Kóstia, olhando severamente para Iártsiev. — Se na obra há protestos contra a servidão ou se o autor ataca as vilezas da corte, então essa obra é significativa e útil. Já esses romances e novelas cheios de ais e ois, e ainda de "ela se apaixonou, mas ele não a ama mais", esses, posso dizer, são um nada, o diabo que os carregue.

— Eu concordo com o senhor, Konstantin Ivánitch — disse Iúlia Serguéievna. — Um descreve o encontro de amor, outro, a traição, um terceiro o reencontro depois da separação. Será que não há outros enredos? Pois há muitas pessoas doentes, infelizes, martirizadas por privações, que, com certeza, têm nojo de ler tudo isso.

Láptiev achava desagradável que a sua esposa, uma mulher jovem, que não tinha ainda nem 22 anos, refletisse de modo tão sério e frio a respeito do amor. Podia adivinhar por que isso acontecia.

— Se a poesia não discute as questões que vocês julgam importantes — disse Iártsiev —, então procurem composições sobre técnica, direito administrativo e financeiro, leiam folhetins científicos. Por que precisamos que, em *Romeu e Julieta*, em vez de amor, tratem, por exemplo, da liberdade de ensino ou da desinfecção de prisões se vocês podem encontrar tudo isso em artigos especializados e manuais?

— Titio, não se trata de extremos! — interrompeu Kóstia. — Nós não estamos falando dos gigantes, como Shakespeare ou Goethe, estamos falando de uma centena de escritores medianamente talentosos, que teriam muito mais utilidade se deixassem o amor de lado e se ocupassem de levar às massas conhecimentos e ideias humanitárias.

Kich, velarizando o "r" e nasalizando, começou a contar o conteúdo de uma novela que lera recentemente. Ele contava em detalhes, sem pressa; passaram-se três minutos, depois cinco, dez, e ele continuava contando, e ninguém mais conseguia entender a respeito de que era aquilo, e o rosto dele ia ficando cada vez mais indiferente, de olhos turvos.

— Kich, conte logo — não se conteve Iúlia Serguéievna —, senão isso vira uma tortura!

— Pare, Kich! — gritou-lhe Kóstia.

Todos começaram a rir, Kich também.

Chegou Fiódor. Com manchas vermelhas no rosto, apressado, fez um cumprimento e levou o irmão para o gabinete. Nos últimos tempos, ele fugia de encontros com muitas pessoas e preferia a companhia de uma só.

— Deixe que a juventude fique gargalhando por lá, enquanto nós aqui conversamos de alma aberta — disse ele, sentando-se numa poltrona funda, longe da lâmpada. — Há um tempão não nos vemos. Quanto tempo você não vai ao armazém? Acho que uma semana.

— É. Não tenho o que fazer lá. E ainda por cima o velho me chateou, de verdade.

— É claro, no armazém podem passar sem mim, sem você, mas é preciso ter uma ocupação. Com o suor do próprio rosto comerá o seu pão, como se diz. Deus gosta do trabalho.

Piotr trouxe na bandeja um copo de chá. Fiódor tomou sem açúcar e pediu mais. Ele tomava muito chá e, numa única noite, era capaz de tomar uns dez copos.

— Sabe de uma coisa, irmão? — disse ele, levantando-se e aproximando-se de Láptiev. — Não dê tratos à bola, candidate-se logo a conselheiro municipal, aos pouquinhos faremos de você um membro da câmara, depois chefe municipal. Vai subir cada vez mais, você é um homem inteligente, instruído, vão reparar e chamar você para Petersburgo, ativistas do campo e da cidade agora estão na moda por lá, meu irmão, e veja, você não terá ainda nem cinquenta anos e já será um secretário de ministro, com faixa atravessada no peito.

Láptiev não respondeu nada; ele entendeu que tudo isso, o cargo de secretário de ministro e a faixa, quem queria era o próprio Fiódor, e não sabia o que responder. Fiódor abriu o relógio e ficou olhando para ele longa, muito longamente, concentrado e tenso, como se estivesse apreciando o movimento dos ponteiros, e a expressão do seu rosto parecia estranha a Láptiev. Chamaram para jantar. Láptiev foi para a copa, enquanto Fiódor ficou no gabinete. Já não havia mais discussão, e Iártsiev falava em tom professoral, como se fizesse uma palestra:

— Em consequência da variedade de climas, energias, gostos, idades, a igualdade entre as pessoas é fisicamente impossível. Mas o homem culto pode fazer com que essa desigualdade não seja prejudicial, assim como já fez com os pântanos e com os ursos. Um cientista até conseguiu que um gato, um rato, um esmerilhão e um pardal comessem do mesmo prato, e podemos ter esperanças de que a educação fará o mesmo com as pessoas. A vida segue sempre em frente, a cultura alcança êxitos enormes aos nossos olhos; pelo visto, chegará um tempo em que, por exemplo, a situação atual dos trabalhadores das fábricas parecerá tão absurda quanto nos parece agora a época da servidão em que trocavam moças por cães.

— Mas não será logo, não será mesmo — disse Kóstia, num risinho —, não será logo que um Rothschild vai achar absurdo os seus porões com ouro, até lá é o trabalhador que vai dobrar a coluna e inchar de fome. Não, titio. Não podemos ficar esperando, temos de lutar. Se o gato come junto com o rato na mesma vasilha, então os senhores acham que a sua consciência foi despertada? Não é assim, não. Forçaram-no a isso.

— Eu e Fiódor somos ricos, o nosso pai é capitalista, milionário, é preciso lutar contra nós! — proferiu Láptiev e enxugou a testa com a palma da mão. — Lutar comigo: não consigo entender isso de maneira nenhuma. Eu sou rico, mas o que esse dinheiro me deu até agora, o que essa força me deu? Em que sou mais feliz do que os senhores? A minha infância foi um cárcere, e o dinheiro não me salvou do açoite. Quando Nina adoeceu e morreu, o meu dinheiro não a ajudou. Quando não me amam, eu não consigo obrigar a me amarem, ainda que gaste cem milhões.

— Em compensação, o senhor pode fazer muita coisa boa — disse Kich.

— Que coisa boa!? O senhor ontem me pediu algo em nome de um matemático que está procurando trabalho. Acredite, eu posso fazer por ele tão pouco quanto pelo senhor. Eu posso lhe dar dinheiro, mas isso não é o que ele quer. Certa vez eu pedi a um músico conhecido lugar para um pobre violinista, e ele respondeu assim: "O senhor dirigiu-se justo a mim porque não é músico". Assim eu lhe respondo: o senhor se dirige a mim para pedir ajuda com tanta confiança porque nunca, nem uma única vez, esteve na posição de homem rico.

— Para que aqui a comparação com um músico famoso? Não entendo! — disse Iúlia Serguéievna e enrubesceu. — O que o músico famoso tem a ver com isso!?

O rosto dela estremeceu de ódio, e ela baixou os olhos para ocultar os sentimentos. E não apenas o marido, mas todos os que estavam sentados à mesa entenderam a expressão do seu rosto.

— Por que falar aqui de um músico famoso? — repetiu ela baixinho. — Não há nada mais fácil do que ajudar um pobre.

Baixou um silêncio. Piotr trouxera perdizes, mas ninguém se servira delas, todos comiam apenas salada. Láptiev já não se lembrava do que dissera, mas para ele estava claro que tinham sentido ódio não por causa de suas palavras, mas porque ele se metera na conversa.

Depois do jantar, ele foi para o gabinete; tenso, com o coração disparado, à espera de outras humilhações, tentava escutar o que acontecia na sala. Lá de novo teve início uma discussão, depois Iártsiev sentou-se ao piano e tocou uma romança sentimental. Ele era um mestre em todos os ofícios: cantava, tocava e até sabia fazer mágicas.

— Os senhores eu não sei, mas eu não quero ficar em casa — disse Iúlia. — Preciso sair.

Decidiram ir aos arredores da cidade e mandaram Kich buscar uma troica no clube dos comerciantes. Não convidaram Láptiev porque ele não costumava sair da cidade e porque agora tinha a visita do irmão, mas ele entendeu de outro modo, concluiu que a sua companhia os enfadava, que ele, nesse grupo jovem e animado, seria de todo um excesso. E o desapontamento, o sentimento de amargura eram tão fortes que ele quase chorou; até estava satisfeito porque agiam assim tão sem cortesia, não lhe davam atenção, menosprezavam-no, como um homem tolo e entediante, um saco de ouro, e ele teve a impressão de que ficaria ainda mais feliz se a esposa o traísse nesta noite com o seu melhor amigo e depois reconhecesse isso, fitando-o com ódio... Ele tinha ciúme dela com estudantes, atores e cantores conhecidos, com Iártsiev, até com transeuntes, e agora queria terrivelmente que ela de fato não fosse fiel, queria apanhá-la com outro, depois se envenenar, livrar-se desse pesadelo de uma vez por todas. Fiódor tomava chá e engolia fazendo barulho. Mas eis que também ele ia embora.

— O nosso velhinho, parece que está entrando na escuridão — disse ele, vestindo o casaco de pele. — Está enxergando muito mal.

Láptiev também vestiu o casaco de pele e saiu. Depois de acompanhar o irmão até o Strastnoie, chamou um cocheiro e foi para o Iar.

"E isso chamam de felicidade conjugal!" — riu de si mesmo. — "Isso é o amor!"

Os seus dentes rangiam, e ele não sabia se isso era ciúme ou alguma outra coisa. No Iar, percorreu as mesas, no salão ouviu um cançonetista; se acontecesse de encontrar com algum dos seus, ele não tinha nenhuma frase preparada, e de antemão tinha a certeza que, se visse a esposa, apenas sorriria tristemente e sem inteligência, e todos compreenderiam o sentimento que o obrigara a vir para cá. Por causa da luz elétrica, da música alta, do cheiro de pó de arroz e também porque as damas que vinham na sua direção olhavam para ele, ele se martirizava. Ele parou junto à porta, tentando espiar e ouvir às escondidas o que se fazia nos quartos privativos, e pareceu-lhe que desempenhava, junto com o cançonista e com as damas, um papel baixo e desprezível. Depois foi ao Strelna, mas lá também não encontrou nenhum dos seus, e apenas ao voltar, quando de novo se aproximava do Iar, uma troica barulhenta passou por ele; o cocheiro bêbado gritou e ouviu-se a gargalhada de Iártsiev: "ha-ha-ha!".

Láptiev voltou para casa depois das três. Iúlia Serguéievna já estava na cama. Ele notou que ela não dormia, aproximou-se e disse abruptamente:

— Eu compreendo a sua repulsa, o seu ódio, mas a senhora podia me poupar na frente de estranhos, podia ocultar o seu sentimento.

Ela sentou-se na cama, deixando os pés pendentes. À luz da vela dos ícones, os seus olhos pareciam grandes, negros.

— Eu peço desculpas — disse ela.

Inquieto, todo trêmulo, ele já não conseguia pronunciar nem uma palavra e permanecia diante dela calado. Ela também tremia, sentada com ar de criminosa, à espera de esclarecimentos.

— Como estou sofrendo! — disse ele afinal, colocando a mão na cabeça. — Parece que estou no inferno, estou perdendo a cabeça!

— E eu, por acaso para mim é fácil? — perguntou ela, com voz trêmula. — Só Deus sabe como eu me sinto.

— Você é minha esposa já há meio ano, mas em sua

alma não há nenhuma centelha de amor, não há nenhuma esperança, nenhum fio de luz! Por que se casou comigo? — continuou Láptiev desesperado. — Para quê? Que demônio empurrou-a para os meus braços? O que esperava? O que queria?

E ela olhava para ele apavorada, como se tivesse medo de que lhe batesse.

— Você gostava de mim? Você me amava? — continuou ele, arquejante. — Não! Então por quê? Por quê? Diga: por quê? — gritava ele. — Oh, dinheiro maldito! Dinheiro maldito!

— Não, juro por Deus! — gritou ela e persignou-se; crispou-se inteira, ofendida, e ele pela primeira vez a viu chorar. — Juro por Deus que não! — repetiu ela. — Eu não pensava no dinheiro, não preciso dele, apenas me pareceu que eu agiria mal se o recusasse. Eu tinha medo de estragar a minha vida e a sua. Mas agora sofro por causa do meu próprio erro, sofro insuportavelmente.

Ela pôs-se a chorar amargamente, e ele compreendeu como ela sofria, e, sem saber o que dizer, agachou-se diante dela, sobre o tapete:

— Basta, basta — resmungou ele. — Eu a ofendi porque a amo loucamente. — de repente, beijou-a na perna e abraçou-a com paixão. — Uma centelha de amor que fosse! — resmungou ele. — Então, minta! Minta! Não diga que estou enganado!

Mas ela continuou a chorar, e ele sentiu que ela suportava os seus carinhos apenas como consequência inevitável do próprio erro. E a perna, que ele beijara, ela apertava contra si, como um passarinho. Então ele teve pena dela.

Iúlia deitou-se e cobriu-se inteira, até a cabeça, ele se despiu e também deitou. De manhã, ambos sentiam-se constrangidos e não sabiam o que falar, e a impressão que ele tinha era que ela até mancava da perna que ele beijara.

Antes do almoço Panaúrov veio se despedir. Iúlia tinha uma vontade incontrolável de ir para casa, para a terra natal; seria bom partir, pensava ela, e descansar dessa vida em família, desse constrangimento, da consciência constante de que tinha agido mal. Foi decidido na hora do almoço que ela partiria com Panaúrov e ficaria hospedada na casa do pai duas ou três semanas, enquanto não sentisse saudades.

XI

Ela e Panaúrov viajaram num compartimento privativo; na cabeça ele usava um boné de pele de carneiro de formato estranho.

— Eh, Petersburgo não me satisfez — disse ele, pausadamente, suspirando. — Prometem muito, mas nada determinado. Eh, minha querida. Eu fui juiz supremo, membro permanente, presidente do conselho local, finalmente, conselheiro da administração da província; quer dizer que servi à pátria e tenho direito à atenção, mais eis aí: não consigo de jeito nenhum que me transfiram para outra cidade...

Panaúrov fechou os olhos e balançou a cabeça.

— Não me reconhecem — continuou ele, como se estivesse cochilando. — É claro que não sou um administrador genial, mas, em compensação, sou um homem direito, honesto, e, nos tempos de hoje, isso já é raridade. Reconheço, às vezes engano um pouquinho as mulheres, mas, em relação ao governo russo, sempre fui um *gentleman*. Mas chega disso — disse ele, fechando os olhos. — Vamos falar da senhora. Por que de repente inventou de ir para a casa do papai?

— Bem, tive um desentendimento com meu marido — disse Iúlia olhando para o boné dele.

— Sim, ele é mesmo um tanto estranho. Todos os Láptiev são estranhos. O seu marido ainda é mais ou menos, nem lá, nem cá, mas o irmão Fiódor é completamente abobado.

Panaúrov suspirou e perguntou seriamente:

— E amante, a senhora já tem?

Iúlia olhou para ele com surpresa e deu um risinho.
— Só Deus pode entender do que está falando.
Na estação principal, depois das dez, os dois saíram para jantar. Quando o trem seguiu adiante, Panaúrov tirou o casaco e o boné e sentou-se perto de Iúlia.
— A senhora é muito simpática, devo lhe dizer — começou ele. — Desculpe pela comparação de taverna, mas a senhora me faz lembrar um pepinozinho recém-salgado; ele, por assim dizer, ainda cheira a estufa, mas já contém em si um pouco de sal e o cheiro forte de funcho. Da senhora, aos pouquinhos, vai se formando uma mulher grandiosa, maravilhosa, luxuosa. Se essa nossa viagem tivesse acontecido uns cinco anos atrás — suspirou ele —, então eu consideraria um dever agradável ingressar nas fileiras dos seus fãs, mas agora, infelizmente, sou um inválido.
Ele sorriu com tristeza e, ao mesmo tempo, com ternura, e tomou-a pela cintura.
— O senhor enlouqueceu! — disse ela, enrubescendo e assustando-se tanto que as suas mãos e pés gelaram. — Contenha-se, Grigori Nikoláitch!
— De que a senhora tem medo, minha querida? — perguntou ele docemente. — O que há de terrível aqui? É só porque não está acostumada.
Se a mulher protestava, então, para ele, isso significava apenas que ele tinha produzido alguma impressão e agradado. Segurando Iúlia pela cintura, ele beijou com força a sua face, depois os lábios, com total certeza de que lhe dava grande prazer. Iúlia afastou-se de pavor e constrangimento e começou a rir. Ele beijou-a ainda uma vez e disse, colocando aquele boné engraçado:
— Eis aí tudo que pode lhe dar um inválido. Certo paxá turco, um velhinho bondoso, recebeu uma vez de presente, ou talvez de herança, um harém inteiro. Quando as mulheres jovens e bonitas perfilaram-se, ele percorreu as fileiras, beijou

cada uma e disse: "Eis aí tudo o que eu agora estou em condição de lhes dar". O mesmo digo eu.

Tudo isso pareceu a ela tolo, incomum e a alegrou. Dava vontade de farrear. Ela se deitou no sofá, cantarolando, então pegou da prateleira uma caixa de bombons e gritou, jogando-lhe um pedacinho de chocolate:

— Pegue!

Ele pegou; ela jogou mais um bombom, deu uma risada alta, depois um terceiro, enquanto ele pegava tudo e colocava na boca, olhando para ela com olhos suplicantes, e parecia a Iúlia que no rosto, nos traços e na expressão dele havia muito de mulher e de criança. E, quando, ela, ofegante, sentou-se no sofá e continuou a olhar para ele em meio a risos, ele tocou-lhe a face com dois dedos e disse, parecendo desapontado:

— Menininha malvada!

— Pegue — disse ela, estendendo-lhe a caixa. — Eu não gosto de doces.

Ele comeu todos os bombons, até o último, e trancou a caixa vazia em sua mala; ele gostava de caixas com desenhos.

— No entanto, basta de farras — disse ele. — É hora, *bye-bye* inválido.

Ele pegou da mala o seu roupão de Bucara e o travesseiro, deitou-se e cobriu-se com o roupão.

— Boa noite, pombinha! — disse ele baixinho e suspirou como se lhe doesse o corpo todo.

E logo se ouviu um ronco. Sem sentir nenhuma vergonha, ela também se deitou e logo adormeceu.

No dia seguinte de manhã, em sua cidade natal, enquanto ela caminhava da estação até em casa, as ruas pareciam-lhe vazias e desabitadas, a neve, cinza, as casas, pequenininhas, como se alguém tivesse amassado todas elas. Ao seu encontro vinha uma procissão: levavam um morto com o caixão aberto, com estandartes.

"Dizem que encontrar um morto no caminho é sinal de felicidade", pensou ela.

Nas janelas da casa em que outrora vivera Nina Fiódorovna, agora havia papéis brancos colados.

Com o coração apertado, ela entrou no pátio de sua casa e chamou à porta. Abriu-lhe uma arrumadeira desconhecida, gorda, sonolenta, com uma blusa acolchoada e quente. Subindo as escadas, Iúlia lembrou como Láptiev tinha declarado ali o seu amor, mas agora a escada estava suja e cheia de pegadas. Em cima, no corredor frio, havia doentes esperando, de casaco. E, por algum motivo, o seu coração batia com força, e ela mal conseguia andar de tanta inquietação.

O médico, ainda mais gordo, vermelho como tijolo e com os cabelos desgrenhados, tomava chá. Ao ver a filha, ficou muito alegre e até derramou lágrimas; ela pensou que, na vida daquele velho, a única alegria era ela e, tocada, abraçou-o fortemente e disse que ia ficar em casa muito tempo, até a Páscoa. Depois de trocar a roupa no quarto, ela foi para a copa tomar chá junto com o pai; ele andava de um lado a outro, com as mãos enfiadas nos bolsos, e cantarolava: "ru-ru-ru", quer dizer que estava insatisfeito com alguma coisa.

— Em Moscou a sua vida é muito alegre — disse ele. — Eu estou muito feliz por você... Eu, um velho, já não preciso de nada. Logo baterei as botas e libertarei todos vocês. E é de se surpreender que eu tenha uma crosta tão dura, que ainda esteja vivo! Impressionante!

Ele disse que era um burro de carga com sete fôlegos, em que todos montavam. Sobre ele tinham jogado o tratamento de Nina Fiódorovna, os cuidados com as filhas, o funeral, enquanto o almofadinha do Panaúrov não queria saber de nada e até pedira emprestados cem rublos, que até hoje não tinha devolvido.

— Leve-me para Moscou e me coloque num manicômio!

— disse o médico. — Eu sou um louco, um menino ingênuo, já que ainda acredito na verdade e na justiça!

Depois ele recriminou o marido dela por não ter visão de futuro: não comprava casas que seriam vendidas com muito lucro. E agora já parecia a Iúlia que, na vida desse velho, ela não era a única alegria. Quando ele recebia os doentes e depois saía para tratá-los, ela andava por todos os cômodos sem saber o que fazer nem em que pensar. Ela já desacostumara da cidade natal e da casa natal; não lhe atraía agora nem a rua, nem os conhecidos e, ao se lembrar das antigas amigas e da vida de moça, não ficava triste nem tinha saudades do passado.

À noite, vestiu-se com mais elegância e foi para as vésperas. Mas na igreja havia apenas pessoas simples: o grandioso casaco de pele e o chapéu requintado não produziram nenhuma impressão. E parecia-lhe ter acontecido alguma mudança tanto na igreja, quanto nela mesma. Antes ela gostava quando nas vésperas recitavam o cânone e o coro cantava os *irmos*,[22] por exemplo, "Descerro os meus lábios", gostava de movimentar-se lentamente no meio da multidão em direção ao sacerdote, na frente da igreja, e depois de sentir na testa o unguento sagrado, mas agora só ficava esperando o fim da missa. E, ao sair da igreja, agora tinha medo de que os mendigos pedissem esmola; que enfadonho seria parar, revistar os bolsos e, além disso, em seus bolsos não havia mais trocados, só rublos.

Ela foi deitar cedo, mas adormeceu tarde. Sonhou o tempo todo com retratos e com a procissão fúnebre, que vira de manhã; levavam ao pátio um caixão aberto, com o defunto dentro, e paravam junto à porta, depois balançavam o caixão

---

[22] Na cerimônia religiosa ortodoxa bizantina e russa, primeira estrofe de cada um dos nove canônes que glorificam acontecimentos ou figuras sagradas. (N. da T.)

longamente sobre toalhas e, num impulso, batiam com ele na porta. Iúlia despertou num pulo, apavorada. Na verdade, lá embaixo batiam na porta, e o fio da campainha farfalhava pela parede, mas não se ouvia som.

O médico começou a tossir. Então se ouviu a arrumadeira descendo, depois voltando.

— Senhora! — disse e bateu na porta. — Senhora!

— O que foi? — perguntou Iúlia.

— Telegrama para a senhora!

Iúlia foi ao encontro dela com uma vela. Atrás da arrumadeira, estava o médico, de roupa de baixo e casaco, também com uma vela.

— A nossa campainha estragou — disse ele, bocejando, sonolento. — Faz tempo que preciso consertar.

Iúlia descolou o telegrama e leu: "Bebemos à sua saúde. Iártsiev, Kotchevoi".

— Ai, são uns bobos! — disse ela e começou a gargalhar; a sua alma ficou mais leve e alegre.

Voltando para o cômodo, ela se lavou em silêncio, vestiu-se, depois arrumou as coisas na mala longamente, até clarear, e ao meio-dia partiu para Moscou.

XII

Na Semana Santa, os Láptiev foram à escola de pintura, ver uma exposição. Saíram de casa todos juntos, à moda de Moscou, levando também as duas meninas, a governanta e Kóstia.

Láptiev sabia o sobrenome de todos os artistas famosos e não perdia nenhuma exposição. Às vezes, no verão na datcha, ele próprio pintava paisagens e parecia-lhe então que tinha muito bom gosto e, se tivesse estudado, dele teria saído um bom artista. No exterior, às vezes passava em antiquários famosos, e com ar de conhecedor, examinava as antiguidades, expressava a sua opinião e comprava uma coisa qualquer; o antiquário tomava-lhe quanto queria, e depois a coisa comprada ficava espremida dentro de uma caixa, no depósito de seges, até desaparecer não se sabe aonde. Ou então, entrando numa loja de gravuras, ele examinava quadros e peças de bronze longa e atentamente, fazia observações diversas e, de repente, comprava uma gravura ou caixa de *lubok*[23] em papel de péssima qualidade. Na casa dele, havia quadros, todos de grandes dimensões, mas ruins; já os bons estavam mal pendurados. Mais de uma vez pagara caro por objetos que depois se mostravam uma imitação grosseira. E é de se notar

---

[23] Arte figurativa, em especial pinturas de caráter folclórico-popular. (N. da T.)

que ele, em geral tímido na vida, fosse extraordinariamente corajoso e autoconfiante em exposições de quadros. Por quê?

Iúlia Serguéievna olhava os quadros como o marido, pelo buraco da mão ou pelo binóculo e surpreendia-se que as pessoas nos quadros fossem como os vivos, e as árvores como as de verdade; mas ela não entendia, parecia-lhe que na exposição havia muitos quadros idênticos e que todo o objetivo da arte estava exatamente em que, nos quadros, pessoas e objetos parecessem de verdade quando se olhava para eles pelo buraco da mão.

— Esse é um bosque de Chíchkin. — explicou-lhe o marido. — Pinta sempre a mesma coisa... Agora preste atenção: uma neve lilás desse jeito não existe... E neste menino, o braço esquerdo é mais curto do que o direito.

Quando todos se esgotaram, e Láptiev foi procurar Kóstia para então voltarem para casa, Iúlia parou diante de uma paisagem pequena e ficou olhando, indiferente. No primeiro plano, um riozinho, sobre ele, uma pontezinha de toras, na outra margem, uma trilhazinha, que desaparecia no mato escuro, no campo, depois à direita um pedacinho de bosque, perto dele uma fogueira: provavelmente dos vigias do pasto. E ao longe acabava de arder o crepúsculo vespertino.

Iúlia imaginou-se naquela pontezinha, depois na trilha, cada vez mais longe, rodeada de silêncio, codornizões gritando sonolentos, ao longe uma luz piscando. E, sem motivo visível, de repente, começou a achar que já tinha visto essas mesmas nuvenzinhas, que se estendiam pela parte vermelha do céu, o bosque, o campo muito tempo atrás e muitas vezes, e então se sentiu sozinha, com vontade de sair andando, andando pela trilha, e lá, onde caía o crepúsculo vespertino, aquietava-se o reflexo de algo não-terrestre, eterno.

— Como foi bem pintado! — pronunciou ela, surpreendendo-se por, de repente, ter compreendido o quadro. — Olhe, Aliocha! Está vendo como aqui é silencioso?

Tentou explicar porque gostava tanto daquela paisagem, mas nem o marido, nem Kóstia a compreendiam. Continuou olhando a paisagem com um sorriso triste, e inquietava-se porque os outros não viam nela nada de especial; depois começou de novo a andar pelas salas e a examinar os quadros, queria entendê-los, e já não lhe parecia que na exposição havia muitos quadros idênticos. De volta a casa, pela primeira vez em todo esse tempo, prestou atenção no quadro grande, pendurado na sala, sobre o piano, e então sentiu uma grande aversão contra ele e disse:

— Como pode ter vontade de olhar um quadro deste!

Depois disso, as cornijas douradas, os espelhos venezianos com flores e quadros como aquele pendurado sobre o piano, assim como as opiniões do marido e de Kóstia sobre arte, passaram a despertar nela um sentimento de tédio e desapontamento, e às vezes até ódio.

A vida passava normalmente, dia após dia, sem prometer nada de especial. A temporada teatral já terminara, começara o tempo quente. O clima estava excepcional o tempo todo. Certa vez, de manhã, o casal Láptiev reuniu-se no tribunal regional para ouvir Kóstia, que defendia alguém por determinação do tribunal. Eles se demoraram em casa e chegaram ao tribunal quando já havia começado o inquérito das testemunhas. Acusavam um soldado da reserva de roubo e arrombamento. Muitas lavadeiras serviam de testemunha; elas demonstraram que o réu com frequência ia à casa dos patrões que mantinham as lavadeiras; no feriado de Exaltação da Santa Cruz, ele chegou tarde da noite e começou a pedir dinheiro para curar a ressaca, mas ninguém lhe deu; então ele saiu, daí a uma hora voltou e trouxe consigo cerveja e pães de mel de menta para as moças. Eles beberam e cantaram quase até o amanhecer e, quando de manhã voltaram a si, a fechadura da entrada do sótão estava quebrada e das roupas havia sumido: três camisas de homem, uma saia e dois lençóis. Kóstia perguntava a cada testemunha, num tom de ironia: não teria ela tomado também, no dia da Exaltação da Santa Cruz, daquela cerveja que o réu levara? Era evidente que tentava mudar o rumo do depoimento, indicando que o roubo tinha sido cometido pelas próprias lavadeiras. Ele fazia o seu discurso sem a menor inquietação, olhando para os jurados, com ar ofendido.

Ele explicou o que era o "roubo e arrombamento" e o "roubo simples". Falava muito detalhadamente, com convicção, revelando uma capacidade extraordinária de esticar o discurso, num tom, sobre um assunto já do conhecimento de todos. E era difícil compreender o que ele queria exatamente. Do seu longo discurso, o jurado-chefe podia tirar apenas esta conclusão: "ou houvera arrombamento, mas não houvera roubo, se as próprias lavadeiras tinham bebido a roupa, ou então houvera roubo, mas sem arrombamento". Mas, pelo visto, ele dissera justamente o que era preciso dizer, pois o seu discurso tocou os jurados e o público e agradou muito. Quando deram o veredito de absolvição, Iúlia fez um sinal a Kóstia com a cabeça e depois lhe apertou a mão com força.

Em maio, os Láptiev mudaram-se para a datcha em Sokólniki. Nessa época Iúlia já estava grávida.

## XIII

Passou-se mais de um ano. Em Sokólniki, perto da estrada de ferro de Iaroslav, Iúlia e Iártsiev estavam sentados na grama; um pouco distante, estava deitado Kotchevoi, com as mãos sob a cabeça, olhando o céu. Todos os três já haviam se cansado de passear e esperavam a chegada do trem suburbano das seis, para ir tomar chá em casa.

— As mães veem em seus filhos algo extraordinário, assim fez a natureza — disse Iúlia. — Horas inteiras a mãe fica junto da caminha, olhando as orelhinhas do filho, os olhinhos, o narizinho, maravilhada. Se alguém de fora lhe beija a criança, então, coitada, ela acha que isso dá a ele grande satisfação. E a mãe não fala de nada mais, só do filho. Eu conheço essa fraqueza das mães e me vigio, mas a minha Olia é realmente extraordinária. O jeito como ela fica olhando quando mama! Como ri! Tem apenas oito meses, mas, juro por Deus, olhos inteligentes assim eu nunca vi antes nem em crianças de três anos.

— Diga-me, a propósito — perguntou Iártsiev —, quem você ama mais: o marido ou a filha?

Iúlia ergueu os ombros.

— Não sei — disse ela. — Eu nunca amei o meu marido com paixão, e Olia é, basicamente, o meu primeiro amor. Sabem, não foi por amor que eu me casei com Aleksei. Antes eu era estúpida, sofria, o tempo todo pensava que tinha acabado com a vida dele e com a minha própria, mas agora vejo que não precisamos de amor nenhum, é tudo bobagem.

— Mas se não é o amor, então que sentimento liga a senhora ao marido? Por que a senhora vive com ele?

— Não sei... Assim, por hábito, deve ser. Eu o respeito, fico entediada quando ele passa muito tempo longe, mas isso não é amor. Ele é um homem inteligente, honesto e para a minha felicidade isso basta. Ele é muito bom, simples...

— Aliocha é inteligente, Aliocha é bom — arrastou Kóstia, erguendo preguiçosamente a cabeça —, mas, minha querida, para saber se ele é inteligente, bom e interessante é preciso passar muito tempo com ele... E que utilidade há em sua bondade ou em sua inteligência? Dinheiro ele solta quanto a senhora quiser, isso ele consegue fazer, mas quando é preciso ter caráter, rebater um insolente, um descarado, aí ele fica atarantado e perde o ânimo. Pessoas assim, como o seu caro Aleksis, são pessoas maravilhosas, mas não servem de nada numa luta. E, em geral, não servem pra nada.

Finalmente apareceu o trem. Da chaminé, baforava e erguia-se sobre o arvoredo um vapor todo cor-de-rosa, e as duas janelas do último vagão de repente coriscaram tão claramente, por causa do sol, que até doía olhar.

— Vamos ao chá! — disse Iúlia Serguéievna, erguendo-se.

Nos últimos tempos ela engordara, e o seu caminhar era já de uma senhora um tanto preguiçosa.

— Mas, de qualquer modo, sem amor não é bom — disse Iártsiev, atrás dela. — Nós o tempo todo só falamos e lemos sobre o amor, mas amamos pouco, e isso, com certeza, não é bom.

— Tudo isso são bobagens, Ivan Gavrílitch — disse Iúlia. — Não é nisso que está a felicidade.

Tomaram o chá no jardinzinho, onde floresciam resedás, goivos e tabaco e já haviam desabrochado os primeiros gladíolos. Iártsiev e Kotchevoi viam, pelo rosto de Iúlia Serguéievna, que ela passava por um momento feliz, a sua alma estava tranquila e equilibrada, ela não precisava de mais nada além do que já tinha, e eles também sentiam a alma tranquila e plena. Não importa o que dissessem, tudo saía a propósito e sensato. Os pinheiros estavam magníficos, o aroma de pez era maravilhoso, como nunca antes, as ameixas estavam muito gostosas, e Sacha era uma menina inteligente e boazinha.

Depois do chá, Iártsiev cantou romanças, acompanhando-se ao piano, Iúlia e Kotchevoi ficaram sentados, em silêncio, ouvindo, e só de vez em quando Iúlia se levantava e saía de fininho, para dar uma olhada na menina e em Lida, que já há uns dois dias estava de cama com febre e não comia nada.

— "Minha amiga, minha terna amiga" — cantava Iártsiev. — Não, senhores, eu não entendo nem morto — disse ele, balançando a cabeça —, por que são contra o amor? Se eu não estivesse ocupado quinze horas por dia, sem falta me apaixonaria.

Serviram o jantar no terraço; o tempo estava cálido e sereno, mas Iúlia se cobria com um xale e reclamava da umidade. Quando escureceu, sabe-se lá por quê, sentiu-se mal, tremia inteira e insistia com os convidados para que ficassem mais; serviu-lhes vinho e depois do jantar ordenou que trouxessem conhaque, para que não fossem embora. Não queria ficar sozinha com as meninas e a criadagem.

— Nós, mulheres, aqui nas datchas, planejamos um espetáculo para crianças — disse ela. — Já temos tudo: o teatro, os atores, o único entrave é a peça. Enviaram-nos umas duas dezenas de peças diferentes, mas nenhuma serve. Já que o senhor ama o teatro e conhece bem história — dirigiu-se ela a Iártsiev —, escreva para nós uma peça histórica.

— Por que não? Pode ser.

Os convidados tinham bebido todo o conhaque e preparavam-se para sair. Era mais de dez da noite, e no campo isso era tarde.

— Como está escuro, não se vê um palmo à frente do nariz! — disse Iúlia, acompanhando-os até o portão. — E não sei como os senhores vão conseguir chegar. Mas, vejam só, e ainda faz frio!

Ela se cobriu ainda mais e voltou para o alpendre.

— E o meu Aleksei, decerto, está jogando cartas por aí! — gritou ela. — Boa noite!

Depois dos cômodos iluminados, não se podia ver nada. Iártsiev e Kóstia, às apalpadelas, como cegos, chegaram até a estrada de ferro e atravessaram-na.

— Não se vê nem o diabo — disse Kóstia, com voz de baixo, parando e olhando para o céu. — E essas estrelas, essas estrelas, como moedas de quinze copeques! Gavrílitch!

— Ah? — respondeu Iártsiev de algum ponto.

— Estou dizendo: não se enxerga nada. Onde está o senhor?

Iártsiev, assobiando, aproximou-se dele e pegou-lhe o braço.

— Ei, veranistas! — gritou de repente Kóstia, a toda voz. — Pegaram um socialista!

Quando meio alegre, ele sempre ficava muito agitado, gritava, atormentava policiais e cocheiros, cantava, gargalhava freneticamente.

— Natureza, o diabo que a carregue! — gritou ele.

— Chega, chega — acalmava-o Iártsiev. — Não há necessidade disso. Eu lhe peço.

Logo os companheiros se acostumaram com a escuridão e começaram a distinguir as silhuetas dos altos pinheiros e dos postes telegráficos. Das estações de Moscou, chegavam de vez em quando sons de apitos, e os fios zumbiam queixosamente. Já o próprio arvoredo não produzia nenhum som, e nessa mudez sentia-se algo orgulhoso, forte, misterioso, e agora à noite parecia que o cume dos pinheiros quase tocava o céu. Os companheiros encontraram a sua vereda e seguiram por ela. Ali estava completamente escuro, e apenas por causa da longa faixa de céu semeada de estrelas, e também porque sob os pés havia uma terra batida, eles reconheciam que caminhavam pela aleia. Andavam um ao lado do outro, calados, e os dois ficavam imaginando pessoas estranhas vindo em sua direção. O estado de leve embriaguez os abandonara. Veio à mente de Iártsiev que, talvez, nesse arvoredo, volteassem agora as almas dos tsares, boiardos e patriarcas de Moscou, e ele queria dizer isso a Kóstia, mas se conteve.

Quando chegaram à barreira, no céu mal havia um lusco-fusco. Continuando calados, Iártsiev e Kotchevoi caminhavam pela calçada ao longo de datchas, tavernas e depósitos de lenha baratos; sob uma ponte, que conectava linhas, penetrou-lhes uma umidade agradável, com cheiro de tília, e depois se abriu uma rua longa e larga, e nela nem alma nem luz... Quando chegaram à represa Krasni, já amanhecia.

— Moscou é uma cidade que ainda terá de sofrer muito — disse Iártsiev, olhando o mosteiro Alekséievski.

— Por que isso lhe veio à cabeça?

— Por nada. Eu amo Moscou.

Tanto Iártsiev quanto Kóstia tinham nascido em Moscou e adoravam a cidade, e, sem motivo aparente, indispunham-se contra outras cidades; haviam sido convencidos de que Moscou era uma cidade notável, e a Rússia um país notável. Na Crimeia, no Cáucaso e no exterior, sentiam-se entediados, desconfortáveis, incomodados, e achavam o clima cinzento de Moscou o mais prazeroso e saudável. Os dias em que, nas janelas, bate uma chuva fria e ainda cedo cai o crepúsculo, em que as paredes das casas e das igrejas tomam uma cor parda e pesarosa e, ao sair à rua, ninguém sabe o que vestir, esses dias deixavam-nos agradavelmente animados.

Afinal, perto da estação, chamaram um cocheiro.

— É, seria bom mesmo escrever uma peça histórica — disse Iártsiev —, mas, sabe, sem Liapunovs[24] e sem Godunovs,[25] mas sim da época de Iaroslav[26] ou Monomakh...[27] Eu odeio as peças históricas russas, todas elas, exceto o monólogo de Pímen.[28] Quando tomamos contato com alguma fonte histórica e quando lemos até um manual de história da Rússia, parece então que, na Rússia, tudo é extraordinariamente talentoso, venturoso e interessante, mas, quando assisto alguma peça histórica no teatro, então a vida russa começa a me parecer sem talento, sem ventura, sem originalidade.

Perto da Dmítrovka, os amigos separaram-se, e Iártsiev seguiu na sege até a sua casa, na Nikítskaia. Ele cochilava, sacolejava e o tempo todo pensava na peça. De repente, imaginou um barulho terrível, tinidos, gritos numa língua incompreensível, como se fosse calmuco, e uma aldeia inteira tomada pelas chamas, e bosques vizinhos cobertos de geada, levemente rosados por causa do incêndio, avistavam-se ao longe inteira e tão claramente que era possível distinguir cada pequeno abeto; algumas pessoas desabaladas, a cavalo e a pé, alvoroçavam-se pela aldeia, os seus cavalos e elas próprias tão rubras quanto o clarão no céu.

[24] Família nobre, proeminente nos séculos XVI e XVII. (N. da T.)

[25] Família nobre à qual pertenciam os tsares Boris Fiódorovitch Godunov (1552-1605) e Fiódor Boríssovitch Godunov (1589-1605). (N. da T.)

[26] Iaroslav, o Sábio (978-1054), príncipe de Rostov e de Nóvgorod e grão-príncipe de Kíev. (N. da T.)

[27] Vladímir Monomakh (1053-1125), príncipe de Smolensk, grão-príncipe de Kíev. Ativista político, comandante militar, escritor e pensador. (N. da T.)

[28] Trecho de *Boris Godunov* (1825), de Aleksandr Púchkin (1799-1837). (N. da T.)

"São os polovetsianos" — pensa Iártsiev.

Um deles, velho, assustador, de rosto ensanguentado, todo chamuscado, amarra à sela uma jovem de rosto russo branco. O velho grita algo, furioso, enquanto a moça olha triste e inteligentemente... A cabeça de Iártsiev deu uma sacudidela, e ele acordou.

— "Minha amiga, minha terna amiga"... — começou a cantar ele. Enquanto pagava o cocheiro e subia as escadas, não conseguia de jeito nenhum voltar a si e via as chamas tomarem as árvores, o bosque crepitar e fumegar; um javali selvagem enorme, enlouquecido de pavor, disparava pela aldeia... E a moça, amarrada à cela, continuava olhando.

Quando ele entrou em casa, já estava claro. Sobre o piano, perto da partitura aberta, duas velas acabavam de queimar. No sofá, estava deitada Rassúdina, de vestido preto e faixa à cintura, com um jornal nas mãos, dormindo profundamente. Decerto, ficara tocando por muito tempo, esperando Iártsiev chegar e, como ele não chegava, pegara no sono.

"Ora, ora, desabou!" — pensou ele.

Com cuidado, tirou o jornal das mãos dela, cobriu-a com uma manta, apagou as velas e foi para o quarto. Ao se deitar, pensava ainda na peça histórica e de sua cabeça não saía o motivo: "Minha amiga, minha terna amiga"...

Dois dias depois, Láptiev passou na casa dele para dizer que Lida contraíra difteria e contaminara Iúlia Serguéievna e a criança; passados mais cinco dias, chegou a notícia de que Lida e Iúlia estavam melhorando, mas a criança morrera, e os Láptiev apressaram-se a deixar a datcha em Sokólniki e ir para a cidade.

## XIV

Já desagradava a Láptiev ficar em casa muito tempo. A sua esposa com frequência ia à casa anexa, dizendo que precisava cuidar da educação das meninas, mas ele sabia que ela ia até lá não para educar ninguém, mas para chorar na casa de Kóstia. Passaram-se o nono, vigésimo e o quadragésimo dia, e sempre era preciso ir ao cemitério Alekséievskoie assistir missa para as almas e depois penar dias seguidos, pensar só naquela criança infeliz e dizer à esposa, como forma de consolo, várias vulgaridades. Ele agora raramente ia ao armazém e ocupava-se apenas de filantropia, inventava para si várias ocupações e afazeres e ficava feliz quando, por causa de alguma bobagem, precisava passar o dia fora. Nos últimos tempos, estava se preparando para viajar ao exterior, para conhecer lá a estrutura dos abrigos noturnos, e essa ideia animava-o agora.

Era um dia de outono. Iúlia tinha acabado de sair para chorar na casa anexa, e Láptiev estava deitado no sofá, no gabinete, pensando para onde escapar. Bem nessa hora, Piotr informou que Rassúdina chegara. Láptiev alegrou-se muito, ergueu-se de um salto e foi receber a visita inesperada, a sua ex-amiga, da qual ele quase já tinha se esquecido. Desde aquela noite, em que a vira pela última vez, ela não havia mudado nem um pouco, era exatamente a mesma.

— Polina! — disse ele, estendendo-lhe as duas mãos. — Quantos invernos, quantos verões! Se você soubesse como estou feliz em vê-la! Seja bem-vinda!

Rassúdina cumprimentou-o, puxou-o pela mão e, sem tirar o casaco nem o chapéu, entrou no gabinete e sentou-se.

— Vim para uma visita rápida — disse ela. — Não tenho tempo de ficar conversando besteiras. Faça o favor de sentar-se e ouvir. Se está ou não está feliz em me ver, para mim, decididamente, tanto faz, pois à atenção benevolente dos senhores homens para comigo eu não dou o menor valor. Se vim procurá-lo é porque já estive hoje em cinco outros lugares e em todos recusaram me ajudar, além disso o negócio é inadiável. Preste atenção — disse ela, fitando-o nos olhos —, cinco estudantes meus conhecidos, pessoas medíocres e simplórias, mas indiscutivelmente pobres, não fizeram os pagamentos, e agora vão expulsá-los. A sua riqueza impõe ao senhor a obrigação de ir agora mesmo à universidade e pagar por eles.

— Com prazer, Polina.

— Eis os seus sobrenomes — disse Rassúdina, entregando a Láptiev uma lista. — Vá neste minuto, gozar da felicidade conjugal pode ficar para depois.

Nesse momento, além da porta que levava à sala, ouviu-se um rumor: parecia um cachorro se coçando. Rassúdina enrubesceu e ergueu-se de um salto.

— A sua Dulcineia está escutando às escondidas! — disse ela. — Isso é nojento!

Láptiev ofendeu-se por Iúlia.

— Ela não está aqui, está no anexo — disse ele. — E não fale dela assim. A nossa filha morreu, e agora ela está sofrendo terrivelmente.

— Pode acalmá-la — disse Rassúdina, com um sorriso irônico, sentando-se de novo —, ainda terão uma dezena. Para gerar filhos, a quem é que falta inteligência?

Láptiev lembrou que exatamente isso ou algo parecido ele ouvira já várias vezes muito tempo atrás, quando ainda sentia o cheiro da poesia do passado, da liberdade de solitá-

rio, da vida de solteiro, quando lhe parecia que era jovem e podia tudo o que quisesse e quando não havia o amor pela esposa nem as lembranças da filha.
— Vamos juntos — disse ele, espreguiçando-se.
Quando chegaram à universidade, Rassúdina ficou esperando junto aos portões, enquanto Láptiev ia à tesouraria; pouco depois, ele voltou e entregou a Rassúdina cinco recibos.
— A senhora agora vai para onde? — perguntou ele.
— Para a casa de Iártsiev.
— Vou junto.
— Mas o senhor vai atrapalhar o trabalho dele.
— Não, eu prometo! — disse ele e olhou para ela, suplicante.
Ela usava um chapéu preto, como de luto, com acabamento de crepe, e um casaco muito curto e batido, de bolsos salientes. O seu nariz parecia mais comprido do que era antes, e seu rosto estava lívido, apesar do frio. Láptiev achava agradável ir atrás dela, obedecer-lhe e ouvir os seus resmungos. Caminhava e pensava nela: qual não devia ser a força interior dessa mulher, que, sendo tão feia, angulosa, irrequieta, incapaz de se vestir direito, sempre penteada com desmazelo e sempre tão desengonçada, ainda assim era fascinante.
Entraram na casa de Iártsiev pela porta dos fundos, passando pela cozinha, onde foram recebidos pela cozinheira, uma velha limpinha, com madeixas grisalhas; ela se atrapalhou muito, sorriu docemente, e o seu rostinho ficou parecido com um pastel, e disse:
— Façam o favor.
Iártsiev não estava em casa. Rassúdina sentou-se ao piano e pôs-se a tocar exercícios difíceis e enfadonhos, depois de ter ordenado a Láptiev que não a incomodasse. E ele não a distraiu com conversas, mas ficou sentado separado, fo-

lheando o *Mensageiro da Europa*.[29] Ela tocou durante duas horas, essa era a sua porção diária, depois comeu alguma coisa na cozinha e foi dar aulas. Láptiev leu a continuação de um romance, depois ficou longamente sentado, sem ler, mas sem sentir tédio, satisfeito porque já estava atrasado para o almoço em casa.

— Ha-ha-ha! — ouviu-se a risada de Iártsiev, e o próprio entrou, saudável, animado, com a face avermelhada, de fraque novo com botões brilhantes. — Ha-ha-ha!

Os amigos almoçaram juntos. Depois Láptiev deitou no sofá, e Iártsiev sentou-se ali perto e acendeu um charutinho. Caiu o crepúsculo.

— Acho que estou começando a envelhecer — disse Láptiev. — Desde que a minha irmã Nina morreu, não sei por que, volta e meia penso na morte.

Puseram-se a falar da morte, da imortalidade da alma, de como seria bom, de fato, ressuscitar e depois voar para algum lugar em Marte, viver eternamente à toa e feliz, e o mais importante: pensar de um modo especial e não à moda terrestre.

— Mas não tenho vontade de morrer — disse Iártsiev baixinho. — Nenhuma filosofia é capaz de me conciliar com a morte, e eu a vejo simplesmente como o fim. Quero é viver.

— O senhor ama a vida, Gavrílitch?

— Sim, amo.

— Pois eu não consigo me entender de jeito nenhum a esse respeito. Ora o meu estado de espírito é sombrio, ora é indiferente. Sou acanhado, inseguro, de consciência covarde, não consigo de jeito nenhum me adaptar à vida, tomar as suas rédeas. Alguns falam bobagens ou trapaceam, e estão felizes da vida, enquanto eu, às vezes, faço o bem conscien-

---

[29] *Viéstnik Ievropi*, revista político-literária de orientação moderadamente liberal, publicada em Petersburgo de 1866 a 1918. (N. da T.)

temente e então experimento apenas inquietação ou a mais completa indiferença. Tudo isso, Gavrílitch, credito ao fato de ser escravo, neto de servo. Antes que nós, os sujos, possamos ser alguém na vida, muitos irmãos ainda terão de tombar no campo de batalha!

— Tudo isso é bom, meu querido — disse Iártsiev e suspirou. — Isso mostra apenas, mais uma vez, como é rica e diversificada a vida russa. Ah, como é rica! Sabe, cada dia mais me convenço de que vivemos às vésperas de um grandioso triunfo, e dá vontade de viver até lá, de participar. Quer acredite ou não, eu acho que está crescendo atualmente uma geração notável. Quando cuido da educação das crianças, principalmente das meninas, então fico satisfeito. Que crianças maravilhosas!

Iártsiev aproximou-se do piano e tocou um acorde.

— Eu sou químico, penso quimicamente e morrerei químico — continuou ele. — Mas sou ávido, tenho medo de morrer sem me saciar; e só a química para mim é pouco, eu me devoto também à história russa, à história da arte, à pedagogia, à música... Certa vez, no verão, a sua esposa disse que eu devia escrever uma peça histórica, e agora tenho vontade de escrever, escrever; parece até que posso ficar sentado três dias seguidos, sem me levantar, só escrevendo. As imagens extenuaram-me, sinto um aperto na cabeça, como se o meu cérebro pulsasse. Não que eu queira de mim algo especial, a criação de algo grandioso, tenho vontade só de viver, sonhar, ter esperanças, conseguir fazer de tudo... A vida é curta, meu querido, é preciso vivê-la do melhor modo possível.

Depois dessa conversa amigável, que terminou apenas à meia-noite, Láptiev começou a visitar Iártsiev quase todo dia. Algo o atraía para lá. Normalmente, ele chegava antes de escurecer, deitava e, paciente, ficava esperando o outro, sem nem um pouco de tédio. Iártsiev voltava do serviço e jantava, depois começava a trabalhar, mas Láptiev fazia-lhe alguma pergunta, puxava conversa, a vontade de trabalhar desaparecia, e à meia-noite os amigos despediam-se muito satisfeitos um com o outro.

Mas isso não se prolongou por muito tempo. Certa vez, chegando à casa de Iártsiev, Láptiev encontrou apenas Rassúdina, sentada ao piano, fazendo os seus exercícios. Ela olhou para ele friamente, quase com inimizade, e perguntou, sem lhe oferecer a mão:

— Diga-me, por favor, quando isso terá fim?

— Isso o quê? — perguntou Láptiev, sem entender.

— O senhor vem até aqui todo dia e atrapalha o trabalho de Iártsiev. Iártsiev não é um comerciantezinho qualquer, mas um cientista, cada minuto da sua vida é precioso. Pois é preciso entender isso e ter pelo menos um pouco de delicadeza!

— Se a senhora acha que estou atrapalhando — disse Láptiev, dócil e perturbado —, então interromperei as minhas visitas.

— Excelente. E saia logo, senão ele pode chegar agora mesmo e pegá-lo aqui.

O tom, em que isso foi dito, e os olhos indiferentes de Rassúdina perturbaram-no definitivamente. Ela já não sentia mais nada por ele, além do desejo de que saísse o mais rapidamente possível, e como isso não se parecia com o antigo amor! Ele saiu, sem apertar-lhe a mão, e pareceu-lhe que ela o chamava e pedia que voltasse, mas soaram de novo as escalas, e ele, descendo lentamente as escadas, compreendeu que já era um estranho para ela.

Daí uns três dias, Iártsiev foi visitá-lo, para que passassem a noite juntos.

— Pois eu tenho uma novidade — disse ele e começou a rir. — Polina Nikoláievna mudou-se de vez para a minha casa. — Ele se desconsertou um pouco e continuou à meia-

-voz — Por que não? É claro que não estamos apaixonados um pelo outro, mas, eu penso que... que tanto faz. Estou feliz por poder lhe dar um abrigo, tranquilidade e a possibilidade de não trabalhar caso adoeça; já ela acha que, por estarmos juntos, a minha vida terá mais ordem e que, sob influência dela, eu me tornarei um grande cientista. É isso que ela pensa. E deixe que pense assim. Os sulistas têm um ditado: o tolo se enriquece pensando. Ha-ha-ha!

Láptiev calou-se. Iártsiev andou pelo gabinete, olhou os quadros que já tinha visto muitas vezes antes e disse, suspirando:

— É, meu amigo. Sou três anos mais velho do que o senhor, e já é tarde para pensar em amor verdadeiro e, em essência, uma mulher como Polina Nikoláievna, para mim, é um achado, e, é claro, viverei com ela até a velhice, mas, sabe lá o diabo por que, fica um pesar, uma vontade de ter não sei o quê, e parece que estou deitado num vale do Daguestão, sonhando com um baile. Em resumo, o ser humano nunca está satisfeito com o que tem.

Ele foi para a sala, e como se nada tivesse acontecido, ficou cantando romanças, enquanto Láptiev, sentado no gabinete, depois de fechar os olhos, tentava entender por que Rassúdina tinha se juntado com Iártsiev. Depois ele mergulhou completamente na tristeza, porque não havia laços sólidos e constantes, que lástima Polina Nikoláievna ter se juntado com Iártsiev, e que lástima ele não sentir pela esposa absolutamente mais nada do que sentia antes.

## XV

Láptiev estava sentado na poltrona, lendo e balançando-se; Iúlia também estava ali mesmo no gabinete e também lia. Pareciam não ter assunto, e desde cedo os dois estavam em silêncio. De vez em quando, ele olhava para ela por cima do livro e pensava: casar-se apaixonado ou sem amor, não era tudo igual? E aquele tempo em que ele sentia ciúmes, inquietava-se, sofria, parecia-lhe agora distante. Ele conseguira viajar ao exterior e agora descansava da viagem e contava, assim que entrasse a primavera, ir para a Inglaterra, que muito o agradara.

E Iúlia Serguéievna já estava acostumada com o próprio infortúnio, já não ia à casa anexa. Nesse inverno, já não passava nas lojas, não frequentava teatros nem concertos, ficava só em casa. Ela não gostava dos cômodos grandes e estava sempre ou no gabinente do marido ou no próprio quarto, onde ficavam os caixilhos com ícones recebidos de dote e, na parede, aquela mesma paisagem que tanto a agradara na exposição. Gastar dinheiro consigo mesma ela praticamente não gastava e vivia agora com tão pouco quanto outrora, na casa do pai.

O inverno passou sem animação. Em Moscou, por toda parte, jogavam cartas, mas, se em lugar disso tivessem pensando em alguma outra diversão, por exemplo, cantar, ler, pintar, então seria ainda mais enfadonho. E em função de que havia poucas pessoas talentosas em Moscou, e todas as noites apresentavam-se sempre os mesmos cantores e recitadores, até o prazer da arte pouco a pouco enfastiava e transformava-se, para muitos, em uma obrigação enfadonha e monótona.

Além disso, na casa dos Láptiev não se passava nem um dia sem aborrecimentos. O velho Fiódor Stepánitch estava enxergando muito pouco e já não ia ao armazém, e os médicos da vista diziam que ele logo ficaria cego; Fiódor também, não se sabe por que, já não ia mais ao armazém, ficava o tempo todo em casa, escrevendo. Panaúrov fora transferido para outra cidade, com uma promoção para o cargo de verdadeiro conselheiro estatal; por enquanto, morava no "Dresden" e quase todo dia procurava Láptiev para pedir dinheiro. Kich terminara afinal a universidade e, enquanto esperava que os Láptiev lhe arranjassem uma posição, passava dias inteiros em casa, contando histórias longas e enfadonhas. Tudo isso irritava, esgotava e tornava a vida cotidiana desagradável.

Piotr entrou no gabinete e informou que chegara uma dama desconhecida. No cartão que ele entregou estava escrito: "Josefina Ióssifovna Milan".

Iúlia Serguéievna ergueu-se preguiçosamente e saiu, mancando um pouco, pois entorpecera a perna. À porta estava uma dama magra, muito pálida, de sobrancelhas escuras, vestida toda de preto. Ela apertou as mãos junto ao peito e pronunciou as palavras como uma súplica:

— *Monsieur* Láptiev, salve os meus filhos!

O som dos braceletes e o rosto com manchas de pó de arroz já eram conhecidos de Láptiev; ele reconheceu aquela dama, em cuja casa, antes do casamento, tivera de almoçar bem desproposicadamente. Era a segunda esposa de Panaúrov.

— Salve os meus filhos! — repetiu ela, e o seu rosto começou a tremer e, de repente, ficou velho e lastimável, e os seus olhos avermelharam-se. — Só o senhor pode nos salvar, eu gastei o resto do dinheiro para vir até Moscou! Os meus filhos vão morrer de fome!

Ela fez um movimento, como se tivesse intenção de ficar de joelhos. Láptiev assustou-se e tomou-a pelos braços, acima do cotovelo.

— Sente-se, sente-se... — balbuciou ele, ajudando-a a sentar-se. — Eu lhe peço, sente-se.

— Nós não temos mais dinheiro nem para comprar pão — disse ela. — Grigori Nikoláitch vai para um novo serviço, mas não quer me levar, junto com as crianças, e o dinheiro que o senhor, tão generoso, manda para nós ele está gastando apenas consigo. O que vamos fazer, o quê? Pobres, infelizes crianças!

— Acalme-se, eu lhe peço. Ordenarei no escritório que enviem o dinheiro em seu nome.

Ela desatou a soluçar, depois se acalmou, e ele notou que, por causa das lágrimas, em suas bochechas empoadas abriram-se pequenas trilhas, e que ela tinha bigode.

— O senhor é de uma generosidade sem limite, *monsieur* Láptiev. Mas seja para nós um anjo, uma fada boa, convença Grigori Nikoláitch a não me abandonar, a me levar consigo. Pois eu o amo, amo loucamente, ele é minha alegria.

Láptiev deu-lhe cem rublos e prometeu conversar com Panaúrov e, ao acompanhá-la até a antessala, continuava com medo: ela podia desatar a chorar ou então ficar de joelhos.

Depois dela, chegou Kich. Depois chegou Kóstia com a máquina fotográfica. Nos últimos tempos, ele se dedicava à fotografia e algumas vezes por dia tirava fotos de todos em casa, e essa nova ocupação trazia-lhe muito sofrimento, e ele até emagrecera.

Pouco antes do chá da tarde, chegou Fiódor. Sentou-se num canto do gabinete, abriu um livro e ficou olhando uma única página longamente, pelo visto, sem ler. Depois tomou chá longamente; tinha o rosto vermelho. Na presença dele, Láptiev sentia um peso na alma; até o silêncio dele era desagradável.

— Pode parabenizar a Rússia por um novo publicista — disse Fiódor. — Aliás, brincadeiras à parte, eu, meu irmão, dei à luz um artigozinho, um exercício da pena, por assim dizer, e trouxe-o para lhe mostrar. Leia, meu querido, e diga-me a sua opinião. Mas que seja sincera.

Ele tirou do bolso um caderninho e entregou-o ao irmão. O artigo chamava-se assim: "A alma russa"; estava escrito de modo enfadonho, num estilo pálido, como escrevem as pessoas ordinariamente sem talento, no fundo cheias de amor-próprio, e a sua principal ideia era a seguinte: o homem educado tem o direito de não acreditar no sobrenatural, mas é obrigado a esconder essa descrença, para não levar a tentação e a hesitação às pessoas de fé; sem a fé não há idealismo, e o idealismo está predestinado a salvar a Europa e a mostrar o verdadeiro caminho à humanidade.

— Mas aqui você não escreve de que é preciso salvar a Europa — disse Láptiev.

— Compreende-se por si só.

— Não se compreende nada — disse Láptiev, e começou a andar, inquieto. — Não se compreende para que você escreveu. Aliás, isso é assunto seu.

— Quero publicar uma brochura em separado.

— Isso é assunto seu.

Calaram-se um minuto. Fiódor suspirou e disse:

— Que pena, é mesmo uma pena que cada um de nós pense de um jeito diferente. Ah, Aliocha, Aliocha, meu irmão querido! Nós dois somos homens russos, ortodoxos, de visão ampla; será que ficam bem em nós essas ideazinhas alemãs e judias? Veja, nós não somos uns patifes, mas sim representantes de uma notável linhagem de comerciantes.

— Que linhagem notável é essa? — disse Láptiev, tentando conter a irritação. — Linhagem notável! Nosso avô levava surra de proprietários de terras, e até o último dos funcionários deu-lhe na fuça. O nosso pai levava surra de nosso avô; eu e você, do nosso pai. O que nos deu essa sua linhagem notável? Que nervos, que sangue recebemos de herança? Veja você, já há quase três anos vive divagando, como um sacristão, fala todo tipo de besteira e agora escreveu, aqui está, esse delírio de lacaio! E eu, e eu? Olhe para mim... Nenhuma flexibilidade, nem coragem, nem força de vontade; tenho medo a cada passo, como se fossem me açoitar, fico intimidado diante de insignificantes, de idiotas, de animais, que estão imensamente abaixo de mim em inteligência e moral; tenho medo de zeladores, de porteiros, de guardas, de gendarmes, eu tenho medo de todos, porque nasci de uma mãe acuada por perseguições, desde a infância fui oprimido e atemorizado! Nós dois faremos bem se não tivermos filhos. Oh, permita Deus que conosco tenha fim essa linhagem notável de comerciantes!

Iúlia Serguéievna entrou no gabinete e sentou-se à mesa.

— Vocês estavam discutindo algum assunto? — perguntou ela. — Eu atrapalhei?

— Não, irmãzinha do meu coração — respondeu Fiódor —, a nossa conversa é uma questão de princípios. Você fica dizendo: essa linhagem assim e assada — dirigiu-se ele ao irmão —, entretanto, foi essa linhagem que abriu um negócio de milhões. Isso deve valer alguma coisa!

— Grande coisa: um negócio de milhões! Um homem sem inteligência própria, sem capacidades, torna-se um vendilhão, depois um ricaço, negocia dia após dia, sem nenhum sistema, sem objetivo, até mesmo sem sede de dinheiro, negocia maquinalmente, e é o dinheiro que vai até ele, e não ele até o dinheiro. Passa a vida inteira no seu comércio e gosta dele apenas porque pode mandar nos caixeiros, achincalhar os compradores. É estarosta na igreja porque lá pode mandar nos coristas e dobrar-lhes a cerviz; é curador na escola porque gosta de imaginar que o professor é seu subordinado e que pode desempenhar diante dele o papel de chefe. O comerciante gosta não de negociar, mas de mandar, e o seu armazém não é um estabelecimento comercial, mas uma prisão! É, para um negócio como o seu, são necessários caixeiros despersonificados, desventurados, e os senhores mesmos produzem esses tipos, obrigando-os, desde a infância, a ajoelhar-se a seus pés por um pedaço de pão, e desde a infância incutem neles a ideia de que os senhores são os seus benfeitores. Por certo que não vão pegar uma pessoa da universidade para trabalhar no armazém!

— Pessoas da universidade não servem para o nosso negócio.

— Não é verdade! — gritou Láptiev. — É mentira!

— Desculpe, mas me parece que você está cuspindo no poço de que bebe — disse Fiódor e levantou-se. — O nosso negócio é odioso, mas você aproveita os seus rendimentos.

— A-ha, aí está onde chegamos! — disse Láptiev e pôs-se a rir, olhando com raiva para o irmão. — É isso, se eu não pertencesse à sua linhagem notável, se eu tivesse ao menos um copeque de vontade e coragem, há muito eu teria me livrado desses rendimentos e teria ido trabalhar para ganhar o meu pão. Mas os senhores, no seu armazém, desde a infância me despersonalizaram! Eu lhes pertenço!

Fiódor olhou o relógio e começou a se despedir às pressas. Beijou a mão de Iúlia e saiu, mas, em vez de ir para a antessala, percorreu a sala de visitas e foi para o quarto.

— Eu esqueci a disposição dos cômodos — disse ele, fortemente perturbado. — Que casa estranha. Estranha, não é verdade?

Enquanto vestia o casaco de pele, ficou meio aturdido, e em seu rosto transpareceu dor. Láptiev não estava mais enfurecido; tinha se atemorizado e, naquele momento, sentia pena de Fiódor, e aquele amor caloroso e bom que tinha pelo irmão, que parecia ter se extinguido naqueles três anos, agora despertava em seu peito, e ele sentia uma enorme vontade de expressar esse amor.

— Fiédia, venha amanhã almoçar conosco — disse ele, acariciando o ombro do irmão. — Você vem?

— Sim, sim. Mas me dê água.

O próprio Láptiev correu até a copa e pegou no aparador o que primeiro lhe veio à mão — uma caneca de cerveja grande — encheu-a de água e levou-a ao irmão. Fiódor começou a beber com avidez, mas, de repente, mordeu a caneca, ouviu-se um ranger de dentes, depois um soluço. A água derramou-se no casaco de pele, na sobrecasaca. E Láptiev, que nunca antes tinha visto um homem chorar, perturbado e assustado, ficou ali sem saber o que fazer. Ele olhava, perdido, enquanto Iúlia e a arrumadeira tiravam o casaco de Fiódor e levavam-no de volta para dentro de casa, e depois seguiu atrás deles, sentindo-se culpado.

Iúlia ajudou Fiódor a se deitar e ficou de joelhos à frente dele.

— Isso não é nada. — consolava-o. — São os nervos...

— Minha pombinha, é tão difícil para mim! — disse ele. — Sou um infeliz, um infeliz... mas o tempo todo escondo, escondo isso!

Ele abraçou-a pelo pescoço e sussurrou-lhe no ouvido:

— Toda noite eu sonho com a irmã Nina. Ela chega e senta na poltrona perto da minha cama...

Uma hora depois, quando de novo vestiu o casaco de pele na antessala, ele então já sorria e sentia vergonha da arrumadeira. Láptiev foi acompanhá-lo até a Piátnitskaia.

— Venha almoçar conosco amanhã — dizia ele pelo caminho, segurando o irmão pelo braço —, e na Páscoa vamos juntos para o exterior. Você precisa respirar novos ares, pois está se azedando completamente.

— Sim, sim. Eu vou, eu vou... E levamos a irmãzinha do meu coração conosco.

Láptiev voltou para casa e encontrou a esposa em grande agitação nervosa. O que ocorrera com Fiódor a deixara abalada, e ela não conseguia de jeito nenhum se acalmar. Não chorava, mas estava muito pálida, agitava-se na cama e apertava tenazmente, com os dedos frios, o edredom, o travesseiro, as mãos do marido. Os olhos estavam saltados e assustados.

— Não saia de perto de mim, não saia — dizia ela ao marido. — Diga, Aliocha, por que eu parei de rezar? Onde está a minha fé? Ai, por que vocês ficaram falando de religião na minha frente? Vocês me desnortearam, você e os seus amigos. Eu já não rezo.

Ele colocava compressas na sua testa, aquecia as suas mãos, servia-lhe chá, e ela se apertava contra ele, com pavor...

De manhã, ela estava esgotada e pegou no sono; Láptiev ficou sentado ao lado dela, segurando a sua mão. Por mais que tentasse, não conseguia dormir. Depois o dia todo se sentiu alquebrado, apático, não pensava em nada e zanzava molemente pelos cômodos.

## XVI

Os médicos disseram que Fiódor tinha uma doença mental. Láptiev não sabia o que acontecia na Piátnitskaia, e o armazém escuro, em que já não apareciam nem o velho nem Fiódor, produzia nele a impressão de uma sepultura. Quando a esposa lhe dizia que ele precisava ir todo dia ao armazém e à Piátnitskaia, ele ficava calado ou então começava a falar, irritado, sobre a própria infância, que não tinha forças para perdoar o pai pelo passado, que a Piátnitskaia e o armazém eram odiosos e assim por diante.

Num domingo, de manhã, a própria Iúlia foi à Piátnitskaia. Ela encontrou o velho Fiódor Stepánitch na mesma sala em que, outrora, quando da sua chegada, tinham rezado o te-déum. Ele estava sentado imóvel na poltrona, com o seu paletó de brim, sem gravata, de chinelos, e apertava os olhos cegos.

— Sou eu, sua nora — disse, aproximando-se dele. — Vim ver o senhor.

Ele começou a respirar com dificuldade, inquieto. Tocada pela infelicidade do sogro, por sua solidão, ela beijou-lhe a mão; ele apalpou o seu rosto e a cabeça e, como se tivesse se convencido de que era realmente ela, abençoou-a.

— Obrigado, obrigado — disse. — Eu perdi as vistas e não enxergo nada... Vejo um pouquinho da janela e do fogo também, mas pessoas e objetos eu não consigo distinguir. Pois é, estou ficando cego, Fiódor adoeceu, e sem o olho do dono agora tudo vai mal. Se acontecer alguma desordem, então quem vai punir? O povo vai ficar mimado. E de que é que Fiódor adoeceu? Ficou resfriado, foi? Pois eu nunca tive achaques e nunca me tratei. Nunca vi nenhum médico.

E o velho, como sempre, começou a se vangloriar. Enquanto isso, a criadagem serviu a mesa às pressas, na sala, com petiscos e garrafas de vinho. Havia umas dez garrafas, e uma delas tinha a forma da Torre Eiffel. Colocaram também um prato cheio de pasteizinhos quentes, que cheiravam a arroz cozido e peixe.

— Peço à querida convidada que se sirva — disse o velho.

Ela pegou-o pelo braço, conduziu-o até a mesa e serviu-lhe vodca.

— Amanhã eu também virei — disse ela —, e trarei comigo as suas netas, Sacha e Lida. Elas ficarão comovidas e lhe darão carinho.

— Nao é preciso, não traga. Elas são bastardas.

— Por que bastardas? Pois se o pai e a mãe eram casados.

— Sem a minha permissão. Eu não as abençoei e não quero saber delas. Que fiquem por lá.

— É estranha essa sua conversa, Fiódor Stepánitch — disse Iúlia, num suspiro.

— No evangelho está escrito: as crianças devem respeitar e temer os seus pais.

— Não há nada disso. No evangelho está escrito que nós devemos perdoar até os nossos inimigos.

— No nosso negócio não se pode perdoar. Se for perdoar todo mundo, então daí a três anos estará arruinado.

— Mas perdoar, dizer uma palavra carinhosa, uma palavra amável a uma pessoa, até a um culpado, é um negócio elevado, uma riqueza!

Iúlia queria abrandar o velho, incutir nele um sentimento de pesar, despertar nele o arrependimento, mas ele ouvia tudo o que ela dizia apenas com ar de superioridade, como adultos ouvem as crianças.

— Fiódor Stepánitch — disse Iúlia, com firmeza —, o senhor está velho, e logo Deus vai chamá-lo para o seu seio; ele perguntará ao senhor não como foram as suas vendas ou os seus negócios, mas sim se o senhor foi benevolente com as pessoas; será que não teria sido severo com os mais fracos, por exemplo, com a criadagem, com os caixeiros?

— Para os meus serviçais eu fui sempre um benfeitor, e eles devem rezar por mim eternamente — disse o velho, com convicção; porém, tocado pelo tom sincero de Iúlia e querendo satisfazer a sua vontade, disse: — Está bem, traga as netas amanhã. Eu mandarei que comprem uns presentinhos para elas.

O velho estava mal vestido, no peito e nos joelhos havia cinzas de charuto; pelo visto, ninguém limpava suas botas nem lavava suas roupas. O arroz dos pasteizinhos não estava bem cozido, a toalha de mesa cheirava a sabão, a criadagem batia os pés com força. E o velho e toda a casa da Piátnitskaia tinham uma aparência largada, e Iúlia, percebendo isso, teve vergonha de si mesma e do marido.

— Virei amanhã sem falta — disse.

Ela percorreu os cômodos, ordenou que limpassem o quarto do velho e acendessem a vela dos ícones. Fiódor estava no quarto, sentado, olhando um livro aberto, mas sem ler; Iúlia conversou com ele, e também ordenou que limpassem o quarto, depois desceu para falar com os caixeiros. No meio do cômodo onde os caixeiros almoçavam, tinham colocado uma coluna de madeira sem pintura, sustentando o teto, para que não viesse abaixo; ali, os tetos eram baixos, nas paredes estava colado um papel barato, cheirava a gás de carvão e a cozinha. Por causa do feriado, todos os caixeiros estavam em casa, sentados nas camas, à espera do almoço. Quando Iúlia entrou, eles se levantaram de um salto e responderam às suas perguntas timidamente, olhando para ela de cabeça baixa, como detentos.

— Meu Deus, como são péssimas as suas instalações! — disse ela, abrindo os braços. — Os senhores não ficam apertados aqui?

— É apertado, mas sempre cabe mais um — disse Makêitchev. — Estamos muito satisfeitos com os senhores e erguemos as nossas preces a Deus misericordioso.

— A vida corresponde à ambição do indivíduo — disse Potchátkin.

Notando que Iúlia não entendera Potchátkin, Makêitchev apressou-se em explicar:

— Nós somos gente humilde e devemos viver de acordo com a nossa posição.

Ela examinou o recinto das crianças e a cozinha, apresentou-se à governanta e ficou muito insatisfeita.

Quando chegou em casa, disse ao marido:

— Temos de nos mudar para a Piátnitskaia o mais depressa possível e ir morar lá. E você todos os dias irá ao armazém.

Depois os dois sentaram-se no gabinete, lado a lado, em silêncio. Ele sentia um peso na alma e não tinha vontade de ir nem à Piátnitskaia nem ao armazém, mas adivinhava os pensamentos da esposa e não tinha forças para contradizê-la. Acariciou-lhe a face e disse:

— Eu sinto como se a nossa vida já tivesse terminado, como se começasse agora uma semivida cinzenta. Quando eu soube que o meu irmão Fiódor estava doente, incurável, comecei a chorar; nós passamos a infância e a juventude juntos, antes eu o amava de todo coração, e agora essa catástrofe, e parece que, ao perdê-lo, romperei definitivamente com meu próprio passado. E agora, quando você disse que nós temos de nos mudar para a Piátnitskaia, para aquela prisão, então comecei a achar que também não tenho futuro.

Ele se levantou e foi até a janela.

— Seja como for, é preciso dar adeus à ideia de felicidade — disse ele, olhando para a rua. — Ela não existe. Ela nunca esteve presente em minha vida e por certo nunca estará. Aliás, uma vez na vida eu fui feliz, quando fiquei sentado à noite sob a sua sombrinha. Certa vez, você esqueceu a sombrinha na casa da minha irmã Nina, lembra-se? — perguntou ele, voltando-se para a esposa. — Naquela época estava apaixonado por você e, eu me lembro, passei a noite inteira sentado, com a sombrinha aberta, experimentando um estado de beatitude.

No gabinete, perto dos armários com livros, havia uma cômoda de madeira nobre, com bronze, na qual Láptiev guardava várias coisas inúteis, inclusive a sombrinha. Ele a pegou e entregou-a à mulher.

— Aqui está ela.

Iúlia olhou a sombrinha um minuto, reconheceu-a e sorriu tristemente.

— Lembro — disse ela. — Quando você declarou o seu amor, estava segurando essa sobrinha — e, notando que ele se preparava para sair, ela disse: — Se puder, por favor, volte mais cedo. Sem você eu fico entediada.

Em seguida ela foi para o quarto e ficou longamente olhando a sombrinha.

## XVII

No armazém, apesar da complexidade do negócio e da enorme movimentação, não havia contador, e, dos livros que o escriturário mantinha, não era possível entender nada. Todo dia iam ao armazém representantes comerciais, alemães e ingleses, com os quais os caixeiros conversavam sobre política e religião; ia um nobre arruinado pela bebida, doente, uma lástima, que traduzia as correspondências estrangeiras no armazém; os caixeiros chamavam-no "cacareco" e serviam-lhe chá com sal. E, em geral, todo esse comércio parecia a Láptiev uma grande esquisitice.

Todos os dias ele ia ao armazém e tentava estabelecer novas ordens; proibia que açoitassem os meninos e zombassem dos compradores, saía de si quando os caixeiros, com uma risada alegre, mandavam a algum lugar da província um produto estragado e imprestável como se fosse algo fresco e da última moda. Agora, no armazém, ele era o chefe, mas, como antes, não sabia as dimensões do seu capital, se os negócios iam bem ou mal, quanto recebiam de salário os caixeiros mais velhos etc. Potchátkin e Makêitchev consideravam-no jovem e inexperiente, escondiam muita coisa dele e todas as noites conversavam aos sussurros com o velho cego.

Certa vez, no início de junho, Láptiev e Potchátkin foram à taverna Bubnóvski para tomar o café da manhã e, a propósito, conversar sobre os negócios. Potchátkin servia no comércio dos Láptiev há muito tempo e começara quando tinha apenas oito anos de idade. Era como alguém da casa, confiavam inteiramente nele e, quando, ao sair do armazém, ele pegava do caixa toda a receita e enchia os bolsos com ela, isso não despertava a menor suspeita. Ele era chefe no armazém e em casa, e também na igreja, onde junto com o velho exercia as obrigações de estarosta. Por causa do tratamento cruel dispensado aos caixeiros e meninos subordinados, chamavam-no Maliuta Skurátov.[30]

Quando chegaram à taverna, ele balançou a cabeça para o atendente e disse:

— Traga aqui pra nós, irmão, meia raridade e vinte e quatro aborrecimentos.

Passado algum tempo, o atendente serviu na bandeja meia garrafa de vodca e alguns pratos com petiscos variados.

— Sabe de uma coisa, meu querido — disse-lhe Potchátkin —, traga aqui pra nós uma porção de mestre-chefe de calúnia e de maledicência com purê de batatas.

O atendente não compreendeu, ficou confuso e queria dizer alguma coisa, mas Potchátkin olhou para ele com severidade e disse:

— Exceto!

O atendente ficou tenso, pensando, depois foi se aconselhar com colegas e, no final das contas, de qualquer modo, adivinhou o pedido e trouxe uma porção de língua. Depois de tomarem dois cálices cada um e provarem os petiscos, Láptiev perguntou:

— Diga, Ivan Vassílitch, é verdade que os nossos negócios nos últimos anos começaram a cair?

— De modo nenhum.

— Diga-me com sinceridade, às claras, quanto nós recebíamos e recebemos de rendimentos e quais são as dimensões do nosso capital? Pois, veja só, não é possível andar pelas

---

[30] Apelido de Grigóri Lukiánovitch Skurátov-Belski (?-1573), ativista político russo, braço direito do tsar Ivan, o Terrível. (N. da T.)

trevas. Há pouco saíram as contas do armazém, mas, desculpe, eu não confio nessas contas; os senhores acham necessário esconder coisas de mim e dizem a verdade somente a meu pai. Os senhores, desde o início, acostumaram-se com a política e agora já não conseguem passar sem ela. Mas para que ela serve? De modo que, eu lhe peço, seja franco. Em que condições estão os nossos negócios?

— Tudo dependente da agitação do crédito — respondeu Potchátkin, depois de pensar um pouco.

— O que o senhor entende por agitação do crédito?

Potchátkin começou a explicar, mas Láptiev não entendeu nada e mandou chamar Makêitchev. Este não demorou a aparecer, rezando, lambiscou e, com a sua voz de barítono, sólida e densa, falou antes de tudo que os caixeiros são obrigados a pedir a Deus, dia e noite, por seus benfeitores.

— Excelente, faça o favor apenas de não me considerar seu benfeitor — disse Láptiev.

— Cada pessoa deve lembrar o que é e reconhecer a sua posição. O senhor, por misericórdia de Deus, é nosso pai e benfeitor, e nós somos os seus escravos.

— Isso tudo, afinal, já me encheu! — irritou-se Láptiev. — Por favor, seja o senhor agora o meu benfeitor, explique em que condição se encontram os nossos negócios. E não ouse me tratar como um garotinho, caso contrário, já amanhã fecharei o armazém. O meu pai está cego, o meu irmão no manicômio, as minhas sobrinhas ainda são novas; eu odeio esse negócio, de bom grado iria embora, mas não há quem possa me substituir, os senhores sabem. Deixem essa política de lado, pelo amor de Deus!

Foram ao armazém fazer contas. Depois fizeram contas em casa à noite, quando lhes ajudou o próprio velho; informando ao filho os seus segredos comerciais, ele falava num tom como se estivesse ocupado não com comércio, mas com feitiçaria. Verificou-se que os rendimentos anuais haviam aumentado aproximadamente dez por cento e que o capital dos Láptiev, contando apenas o dinheiro e os títulos, era igual a seis milhões de rublos.

Quando, depois da meia-noite, após as contas, Láptiev saiu ao ar livre, então se sentiu sob o encantamento dessas cifras. A noite estava calma, enluarada, abafada; as paredes brancas das casas da periferia de Moscou, a visão dos portões pesados trancados, o silêncio e as sombras negras produziam, ao todo, a impressão de uma fortaleza, e faltava apenas um sentinela armado. Láptiev foi para o pequeno jardim e sentou-se perto da cerca que o separava do pátio vizinho, onde também havia um jardinzinho. A cerejeira galega florescia. Láptiev lembrou-se que essa mesma cerejeira, na época da sua infância, já era assim retorcida e dessa mesma altura e não havia mudado nem um pouco desde então. Cada cantinho do jardim e do pátio lembrava-lhe o passado distante. E também na infância, assim como agora, via-se todo o pátio por entre as raras árvores, banhado pela luz do luar; as sombras severas e misteriosas também eram as mesmas; no meio do pátio estava deitado um cão preto, exatamente do mesmo modo; e viam-se as janelas dos caixeiros abertas de par em par. E tudo isso eram lembranças tristes.

Além da cerca, no pátio alheio, ouviram-se passos leves.

— Minha querida, minha amada... — murmurava uma voz masculina bem perto da cerca, de modo que Láptiev ouvia até a respiração.

Eis que se beijaram. Láptiev estava convencido de que os milhões e os negócios, aos quais sua alma não se acostumava, estragariam a sua vida e definitivamente fariam dele um escravo; ele imaginou que aos pouquinhos se acostumaria com a fortuna, aos poucos entraria no papel de chefe da firma de comércio, começaria a emburrecer, envelheceria e, no final das contas, morreria, como morrem em geral os burgueses, porcamente, azedamente, lançando tristeza sobre os próximos. Mas o que o impedia de largar esses milhões e esse negócio, de ir embora desse jardinzinho e desse pátio, que ele odiava desde a infância?

Os murmúrios e os beijos além da cerca o inquietavam. Ele foi para o meio do pátio e, abrindo a camisa até o peito, ficou olhando a lua; então, teve a impressão de que dava ordens para destrancarem o portão e em seguida saía para não voltar nunca mais; o seu coração bateu docemente, sentindo a liberdade, ele sorria, alegre, e imaginava como a vida seria maravilhosa, poética e, quem sabe, talvez até santa...

Ele, porém, continuou ali, não saiu, e perguntava-se: "Mas o que é que me prende aqui?". E ele ficou desapontado consigo mesmo e com aquele cão preto, que zanzava pelas pedras, e não ia para o campo, para o bosque, onde seria livre, alegre. E a ele e a esse cão, o que os impedia de sair do pátio, obviamente, era uma mesma coisa: o hábito da falta de vontade própria, a condição de escravo...

No dia seguinte, ao meio-dia, ele foi encontrar a esposa e, para não ficarem entediados, convidou Iártsiev. Iúlia Serguéievna estava na datcha, em Bútovo, e ele já não ia lá há cinco dias. Quando chegaram na estação, os amigos entraram em uma sege e Iártsiev, o caminho todo, cantava e elogiava o clima extraordinário. A datcha ficava perto da estação num parque grande. Onde começava a aleia principal, a uns vinte passos do portão, sob um chorão antigo e frondoso, estava sentada Iúlia Serguéievna, esperando as visitas. Ela usava um vestido leve e elegante, feito de franjas, um vestido claro da cor de creme e nas mãos trazia aquela mesma sombrinha velha. Iártsiev cumprimentou-a e entrou na casa, de onde se ouviam as vozes de Sacha e Lida, enquanto Láptiev sentou-se ao lado dela para conversar sobre os negócios.

— Por que você ficou tantos dias sem vir? — perguntou ela, sem largar a sua mão. — Passei dias inteiros aqui sentada, esperando: será que vem hoje? Sem você fico entediada!

Ela se levantou e passou a mão pelos cabelos dele e, com curiosidade, ficou observando o seu rosto, os ombros, o chapéu.

— Sabe, eu amo você — disse ela e enrubesceu. — Você é o meu tesouro. Aqui está você, eu o vejo e fico feliz, nem sei quanto. Mas, vamos conversar. Conte-me alguma coisa.

Ela declarara o seu amor, mas ele sentiu algo estranho, como se estivessem casados há dez anos, e a única vontade que tinha era de tomar o café da manhã. Ela abraçou o seu pescoço, fazendo cócegas em sua face com o vestido; com jeito, ele tirou a mão dela, levantou-se e, sem dizer nenhuma palavra, entrou em casa. As meninas vieram correndo ao seu encontro.

"Como elas cresceram!", pensou. "E quantas mudanças nesses três anos... Mas, talvez, ainda tenha de viver mais treze, trinta anos... O que será que ainda nos espera no futuro!? Quem viver, verá."

Ele abraçou Sacha e Lida, que se penduraram em seu pescoço, e disse:

— O vovô mandou lembranças... o tio Fiédia está à beira da morte, o tio Kóstia mandou uma carta da América e pediu que mandasse lembranças. Ele está cansado de exposições e vai voltar logo. E o tio Aliocha está com fome.

Depois ele se sentou no terraço e ficou olhando a esposa, que se dirigia para casa caminhando silenciosamente pela aleia. Ela pensava em algo e no seu rosto havia uma expressão de tristeza e encantamento, nos olhos brilhavam lágrimas. Já não era aquela moça fina, magra, empalidecida, mas uma mulher madura, bonita, forte. E Láptiev notou o êxtase com que Iártsiev olhava para ela, como essa nova e maravilhosa expressão dela refletia-se no rosto dele, também triste e extasiado. Parecia que ele a via pela primeira vez na vida. E, quando tomavam o café da manhã no terraço, Iártsiev sorria de um modo alegre e o tempo todo olhava para Iúlia, para o seu belo pescoço. Láptiev acompanhava-o sem vontade e pensava que, talvez, ainda tivesse de viver treze, trinta anos... e pelo que teria de passar durante esse tempo? O que o esperava no futuro?

E ficou pensando:

"Quem viver, verá."

# FIGURAS DE TCHEKHOV

*Denise Sales*

"Estou escrevendo um romance da vida moscovita."
(carta de Tchekhov à irmã, Milão, 29/9/1894)

Do laboratório aos leitores

Em dezembro de 1894, Tchekhov envia *Três anos* à revista político-literária mensal *Rússkaia Misl* para publicação. Conservaram-se em cartas os acertos finais.[1] O escritor pergunta ao redator-chefe se haveria espaço suficiente para um texto longo na edição de janeiro de 1895. Vúkol Mikháilovitch Lavrov responde que daria um jeito de arranjar espaço — o importante era ter logo o título, para constar no anúncio antes do final do ano.

"*Três anos (cenas da vida familiar)*", escreve Tchekhov em meados de dezembro. E acrescenta: "Se não gostar da palavra 'cenas', deixe simplesmente 'da vida familiar' ou 'conto'". Lavrov agradece e diz que o espera pessoalmente em Moscou para ler as provas. Mais tarde o escritor constata, "com profundo pesar", que não abriram espaço para toda a novela. A redação dividiu *Três anos* em duas partes: publicou os nove primeiros capítulos em janeiro e o restante no

---

[1] As informações citadas a seguir se encontram em cartas de 1894 e 1895 a Lavrov e a Aleksei Serguêievitch Suvórin, consultadas na edição das *Obras completas e cartas em trinta volumes*, de A. P. Tchekhov, vol. 12, Moscou, Naúka, 1974-83.

Posfácio     137

número seguinte. A expressão "cenas da vida familiar" não agradou, no subtítulo ficou a palavra "conto".

Foi assim que mais um traje, desta vez o de comerciante moscovita, entrou no "guarda-roupa literário" de Tchekhov. Um ano antes, ao editor Suvórin, ele manifestara satisfação em ver publicado o volume *A ilha de Sacalina*, um levantamento detalhado da colônia penal instalada no extremo leste da Rússia. Resultado de exaustivo trabalho de pesquisa, incluindo amplas leituras preliminares e cuidadoso recenseamento *in loco*, o livro, segundo o autor, redimia-o frente à medicina, profissão praticada desde a obtenção do diploma na Universidade de Moscou, em 1884. O médico havia dado sua contribuição à ciência, entregando ao público um texto acadêmico fundamentado. O próprio Tchekhov escreveu então que, em seu "guarda-roupa literário", passara a figurar também um uniforme grosseiro de detento.

No caso da novela *Três anos*, o traje alinhou-se muito bem ao conjunto das peças já existentes. Seu tema combina em cores e tessitura com os contos e peças que mostram o tédio cotidiano, a impossibilidade de realização plena do amor, a atmosfera opressiva e angustiante da segunda metade do século XIX. Repete-se, agora no mundo da família Láptiev, a sensação de clausura, de abafamento, de angústia presente em outras obras. A casa dos Láptiev é o palco da infância enfadonha dos filhos, marcada pelos castigos severos do pai, pela criadagem "suja, grosseira e fingida", pelas visitas frequentes de popes e monges "também grosseiros e fingidos". A mesma sensação é despertada no armazém da firma do patriarca, onde os cômodos lembram celas e a instalação principal, apesar de grande, causa uma impressão desagradável por causa da penumbra, do teto baixo, do "aperto resultante das caixas, das trouxas e da gente azafamada".

No que diz respeito à concepção artística, o casaco de Aleksei Láptiev pode ser pendurado ombro a ombro com a roupa de trabalhador braçal de Missail Póloznev, personagem principal de *Minha vida* (1896).[2] Ao conceber as duas novelas, o autor pensava em escrever um romance, projeto inviabilizado por sucessivos cortes de personagens e episódios. De acordo com dados compilados a partir dos cadernos, cartas e anotações avulsas do escritor, a ideia para o romance surgiu no final da década de 1880. As primeiras anotações a respeito de *Três anos* são de fevereiro de 1891.

Ao longo do tempo, o escritor foi descartando episódios, personagens, diálogos, reflexões, num processo bem característico de seu apego à concisão. Nesse percurso, alguns tipos inicialmente pensados para o então romance foram transferidos para outras obras. E. A. Polótskaia aponta, por exemplo, a anotação a respeito de um irmão espírita, homem "extremamente antipático", alto e gordo, de cabeça pequena, olhos miúdos e brilhantes.[3] No final, em vez de um personagem ocasional na novela, esse esboço transformou-se no irmão espírita da heroína do conto "Ariadne".[4] A propósito, entre as anotações referentes a *Três anos*, encontram-se considerações sobre os contos "Terror", "Os vizinhos", "A esposa", "Ariadne" e "Testa-branca", o livro *A ilha de Sacalina* e a peça *A gaivota*.

Num estudo minucioso das notas do escritor para *Três anos*, P. S. Popov classificou-as em situações e episódios (75), diálogos (mais de 50), características (44), descrições (10),

---

[2] Edição brasileira: A. P. Tchekhov, *Minha vida*, tradução de Denise Sales, São Paulo, Editora 34, 2011.

[3] E. A. Polótskaia, "*Três anos*: do romance à novela" *in V tvórtcheskoi laboratóri Tchékhova* [No laboratório literário de Tchekhov], Moscou, Naúka, 1974. pp. 13-34.

[4] Traduzido por Lucas Simone na *Nova antologia do conto russo (1792-1998)*, organização de Bruno Barretto Gomide, São Paulo, Editora 34, 2011, p. 251.

reflexões (12) e expressão isolada (1). A partir daí, o pesquisador deduziu particularidades do processo criativo de Tchekhov em geral e da elaboração de *Três anos* em particular.[5] Ao iniciar uma obra, diferentemente, por exemplo, de Fiódor Dostoiévski (1826-1881), Tchekhov não formula uma ideia básica, não desenvolve um plano de episódios e capítulos. "É como se estudasse os personagens, imaginasse como eles poderiam agir na vida. O que o personagem faria, como seria a sua fala, a respeito de que ele pensaria — é sobre isso que Tchekhov se debruça preferencialmente em seu laboratório literário", conclui Popov.

A ausência de planos gerais já aponta a valorização dos conflitos interiores e dos detalhes numa poética que, como escreve Davi Arrigucci Jr., demonstra "maestria em ocultar o valor em pequenas coisas para melhor revelá-lo".[6] Ao iniciar a discussão sobre as categorias de tempo e espaço na obra de Tchekhov, o crítico Andrei Kofman chama atenção para a ausência da contraposição entre alto e baixo ou espiritual e material observada em Aleksandr Púchkin (1799-1837), Ivan Turguêniev (1818-1883) e Dostoiévski. Segundo ele, na concepção artística do autor, "o espiritual e o material, o eterno e o cotidiano não se separam, mas coexistem numa unidade indivisível. O herói pode refletir ou discutir algo elevado e importante enquanto as suas reflexões são interrompidas por algum detalhe insignificante, às vezes 'baixo', ou então ele próprio se distrai com algo secundário".[7] Ao mesmo tempo, esse "detalhe insignificante ou baixo" pode ser destacado como especialmente importante no desenrolar

---

[5] P. S. Popov, *apud* E. A. Polótskaia, *ibidem*.

[6] Texto de orelha para A. P. Tchekhov, *O beijo e outras histórias*, tradução de Boris Schnaiderman, São Paulo, Editora 34, 2006.

[7] Andrei Kofman, *Imagens artísticas do tempo e do espaço na literatura russa do século XIX*, cap. 10, tradução de Denise Sales, no prelo.

da história. Um único objeto, aparentemente ocasional, adquire importância especial e aponta a riqueza de significados dos detalhes de acordo com a singularidade de cada texto.

Em *Minha vida*, o guarda-chuva (*zôntik*, no original) é um dos instrumentos usados pelo pai de Missail Póloznev para surrar o filho — "então ele pegou o guarda-chuva e bateu-me várias vezes na cabeça e nos ombros". A simples visão do guarda-chuva desperta pavor no Missail adulto: "Nas mãos segurava o guarda-chuva, meu conhecido, e eu fiquei perdido, já me perfilava, como um escolar, esperando que o meu pai começasse a me bater". Ali ele é símbolo do poder paterno, da violência praticada contra o filho e da arbitrariedade da expressão dessa violência, pois qualquer objeto, ainda que sua função seja completamente outra, transforma-se em arma.

Já em *Três anos*, a sombrinha de Iúlia, também *zôntik*, aparece dezenove vezes com sentido completamente diferente.[8] Láptiev recebe da irmã a incumbência de devolver a Iúlia a sombrinha esquecida. Tocar a sombrinha, segurá-la nas mãos, beijá-la avidamente e depois abri-la é para Láptiev motivo de grande prazer, como se ele tocasse a própria dona do objeto — "Láptiev abriu-a sobre si e pareceu-lhe que ao seu redor até cheirava a felicidade". Nesse estado de espírito, envolto no círculo da paixão, ele escreve, exultante, a um dos amigos de Moscou: "estou apaixonado de novo!".

Mais adiante, a sombrinha é testemunha do momento em que Iúlia recusa o pedido de casamento. Em vez de entregar a sombrinha, Láptiev pede: "Eu lhe suplico, dê-me de presente esta sombrinha. Eu a guardarei de lembrança... de

---

[8] Vários autores já escreveram sobre a importância dos detalhes na composição do texto tchekhoviano. Na obra citada anteriormente, E. A. Polótskaia analisa esse aspecto em *Três anos*, explicitando possíveis significados da sombrinha de Iúlia.

você, do nosso encontro. Ela é tão maravilhosa!". Em seguida faz o pedido, e a resposta de Iúlia antecipa a subsequente negativa: "Fique com ela — disse Iúlia e enrubesceu. — Mas de maravilhoso nela não há nada".

A sombrinha volta a aparecer no final da novela, no penúltimo capítulo, quando Láptiev afirma ter sido feliz uma única vez na vida, naquela noite em que ficou sentado sob a sombrinha aberta. Nesse momento, tendo decidido que é preciso dar adeus à felicidade, ele tira a sombrinha de dentro da cômoda e entrega-a à esposa. Agora é Iúlia quem segura o símbolo do amor. E, no último capítulo, com a sombrinha nas mãos, ela diz ao marido: "Sabe, eu amo você. [...] Você é o meu tesouro".

### Dimensões do tempo e do espaço

> *Por quanto tempo foi determinado*
> *O vinho do amor, o vinho ervado?*
> *A mãe de Isolda, que o preparou,*
> *A três anos de afeição o limitou.*
>
> Béroul, *Tristão e Isolda*, século XII[9]

No poema *Tristão e Isolda*, em uma das versões do século XII, o valente cavaleiro Tristão e a bela princesa Isolda apaixonam-se depois de tomarem, por engano, uma poção de amor cujo efeito estava limitado a três anos. Na novela de Tchekhov, três anos é a duração do amor do inseguro moscovita pela jovem provinciana. Só no final desse período Iúlia começa a amá-lo, mas já não há a possibilidade de uma feli-

---

[9] Trecho citado por Denis de Rougemont em *O amor e o Ocidente*, tradução de Paulo Bradi e Ethel Bradi Cachapuz, Rio de Janeiro, Editora Guanabara, 1972, p. 26.

cidade conjugal nos moldes românticos. Ao ouvir a declaração da esposa, Láptiev sente "algo estranho, como se estivessem casados há dez anos, e a única vontade que tinha era de tomar o café da manhã".

A sensação de um tempo arrastado — "casados há dez anos" — expressa pelo protagonista, pode ser sentida também pelo leitor. O limite cronológico, reforçado no título e definido por Tchekhov desde a primeira anotação sobre a novela, é muito inferior ao tempo psicológico, marcado pelas lembranças, digressões e reflexões de Láptiev, que formam o quadro completo da vida dos personagens, e pelas descrições de seu estado de espírito. Tudo isso responde pela lentidão da narrativa, espelho da monotonia, hesitação e incerteza do personagem. Embora acontecimentos importantes se sucedam em um período relativamente curto (a temporada de Láptiev no interior, a sua paixão por Iúlia Serguéievna, o pedido de casamento, a recusa, a reconsideração de Iúlia, o casamento, a viagem para Moscou, a morte da irmã Nina, o nascimento e a morte da filha etc.), a impressão é de uma vida que se demora indefinidamente, num pântano de contrariedades, aflições e embaraços despropositados.

Os dois espaços geográficos da novela, a província e Moscou, produzem em Láptiev uma mesma sensação de clausura e mortificação. Nos seis meses que passa na cidadezinha do interior onde mora a irmã, o personagem sente-se fora de lugar, incomodado, desconfortável: "parecia-lhe estranho que agora estivesse morando não na datcha, em Sokólniki, mas numa cidade de província". Quando escreve a um amigo, ainda no primeiro capítulo, ele exalta na amada as qualidades da cidade grande, diz que "ela é da província, mas estudou em Moscou, ama a nossa Moscou, veste-se à moda moscovita e por isso eu a amo, amo, amo...".

Há, portanto, uma primeira impressão de que Moscou seria o espaço ideal, mas, na verdade, Láptiev menciona a cidade automaticamente, por força do hábito. Quando volta para lá, ele sente o desconforto das lembranças da infância. Bastava ficar uns cinco minutos no armazém do pai "para que logo parecesse que iam xingá-lo ou dar um tapa em seu rosto". Sente também o desconforto da vida de casado, uma vida martirizante, em que ele apenas "sofria de melancolia e de ciúmes em silêncio". E as palavras do narrador contaminam-se pelo tédio dos cônjuges: "A vida passava normalmente, dia após dia, sem prometer nada de especial".

Aqui se aplica apropriadamente o conceito do "espaço fechado" negativo, definido por Kofman como "uma prisão, ausência de liberdade, violência contra o indivíduo", em oposição ao "espaço aberto", associado com a "liberdade, possibilidade de escolha, largueza espiritual".[10] Láptiev vive na clausura, sufocado pela impossibilidade de se realizar plenamente como homem, e o espaço aberto só se descortina diante dele em dois instantes de sonho e ilusão. Bem no início, quando ele abre a sombrinha de Iúlia e experimenta "um estado de beatitude", e no final, quando, após contabilizar a fortuna da família, vai para o meio do pátio e, ouvindo murmúrios e beijos além da cerca, sente como se tivesse dado ordens para destrancarem o portão e como se tivesse saído "para não voltar nunca mais".

Além dessa relação direta com o estado de espírito do personagem principal, os espaços de *Três anos* funcionam como ponto de contato com a realidade exterior à narrativa. A análise do ambiente urbano moscovita, ressaltado pelo autor em carta à irmã, revela o modo como o texto tchekhoviano discute grandes questões de sua época. Evidencia-se aqui a precisa arte de fazer com que o microcosmo individual cotidiano reflita o macrocosmo social vigente.

---

[10] Andrei Kofman, *Imagens artísticas do tempo e do espaço na literatura russa do século XIX, op. cit.*, cap. 5.

Na segunda metade do século XIX, a Rússia vivia um difícil período de transição. Derrotados na guerra da Crimeia contra a Turquia, aliada da Inglaterra e da França, os russos começavam a perceber a distância de desenvolvimento que os separava dos europeus. A vitória de Alexandre II, o libertador da Europa, sobre Napoleão em 1812 fora o auge da aproximação entre a Rússia e o Ocidente. No quadro interno, apesar de ter promovido reformas socioeconômicas cruciais para o desenvolvimento futuro do país, Alexandre II só conseguiu frear a ânsia revolucionária oposicionista por pouco tempo e não chegou a vencê-la em definitivo. O desenho das classes sociais reorganizava-se: a antiga nobreza, enfraquecida depois do fim da servidão, entrava em declínio, ascendiam os detentores de capital, os grandes comerciantes, no fluxo do capitalismo insurgente.

Se lembrarmos a novela *Minha vida*, teremos um quadro social bem amplo desse período de transição, de crise de valores. Lá, o descendente da aristocracia recusa-se a trilhar o caminho dos representantes da classe privilegiada e dispõe-se a abdicar da proteção paterna para levar uma vida de trabalhador braçal; em *Três anos*, o descendente de um grande comerciante despreza a fortuna do pai, acha que os milhões farão dele um escravo, mas se vê obrigado, pela "falta de vontade própria", pela "condição de escravo", a participar de um mundo que despreza, o mundo dos grandes comerciantes.

Em 1775, a classe dos comerciantes dividia-se em guildas. Para ingresso em cada uma delas, era preciso um valor mínimo de capital: quinhentos rublos para a terceira, mil para a segunda e 10 mil para a primeira guilda. Esse valor era reajustado periodicamente, tendo chegado, em 1807, a 8 mil, 20 mil e 50 mil rublos, respectivamente (lembremos que o capital dos Láptiev chegava a seis milhões de rublos em dinheiro e títulos). Os membros das duas primeiras guildas gozavam de vários privilégios: por exemplo, estavam livres do serviço militar e não podiam ser submetidos a castigos corporais, numa época em que ainda era grande a quantidade de penas de açoites decretadas pela justiça tsarista.

Justifica-se a perplexidade de Aleksei ao finalizar a contabilização da fortuna familiar. "Quando, depois da meia-noite, após as contas, Láptiev saiu ao ar livre, então se sentiu sob o encantamento dessas cifras." Entretanto, toda a riqueza, em vez de alegrá-lo, pesa-lhe como potencial causa de mais infelicidade. "Láptiev estava convencido de que os milhões e os negócios, aos quais sua alma não se acostumava, estragariam a sua vida e definitivamente fariam dele um escravo; ele imaginou que aos pouquinhos se acostumaria com a fortuna, aos poucos entraria no papel de chefe da firma de comércio, começaria a emburrecer, envelheceria e, no final das contas, morreria, como morrem em geral os burgueses, porcamente, azedamente, lançando tristeza sobre os próximos."

Como grandes comerciantes, embora não tivessem direito a todos os títulos da nobreza, os Láptiev podiam aspirar ao grau de conselheiro-comercial, concedido a negociantes ricos; de conselheiro comercial, correspondente ao assessor colegiado na hierarquia do funcionalismo público; e de cidadão honorário. Essa possibilidade de distinção social alimentava a ambição de Fiódor em suas recomendações para que o irmão assumisse cargos na estrutura do governo e cuidasse dos papéis de comprovação dos cem anos da firma, condições necessárias à solicitação do título de nobreza. Aleksei, no entanto, não compartilha dos seus sonhos de grandeza e supõe neles algum sinal de doença. "Diz que é preciso descobrir quando se completarão cem anos da nossa firma, para então cuidar dos papéis para o título de nobreza, e fala isso com a maior seriedade. O que aconteceu com ele? Para falar sinceramente, começo a me preocupar."

Esses dois apelos, da fortuna e do título, expressam bem os valores da sociedade moscovita na época da publicação de *Três anos*, em 1895. Por um lado, após a abolição da servidão, a nobreza proprietária de terras de repente se viu privada de sua maior riqueza, medida menos em terras do que em número de servos. Por outro, os nobres conservavam a distinção social e a influência política. Já os detentores do capital começavam a adquirir prestígio e sua escalada social estaria diretamente relacionada com os acontecimentos revolucionários do início do século XX.

De acordo com esse contexto, Polótskaia, na obra citada, vê em Fiódor F. Láptiev uma busca malograda por legitimação e inserção na elite da época. No artigo "A alma russa", escrito pelo personagem, ela identifica a argumentação característica dos setores conservadores da sociedade russa: haveria nele "ecos da ideia eslavófila e do tom dos *pótchvienniki*[11] em defesa da religião", além da "concepção da exclusividade da alma russa", "particularmente característica dos eslavófilos do final do século". Inicialmente, Fiódor Láptiev aparece como possível sucessor do pai, confortável na função de capitalista em ascensão, mas, no decorrer da novela, acaba consumido por uma doença mental. Já o irmão, embora assuma a administração dos negócios do pai, faz isso contra a própria vontade, constrangido pelas circunstâncias. Para Polótskaia, assim "se explicita com nitidez uma linha dramática básica da narrativa: a triste história do capitalista 'inautêntico', que não gosta do seu negócio, embora não tenha forças para romper com ele".

Nas notas às obras completas de Tchekhov publicadas de 1974 a 1983, comenta-se que as fontes psicossociais do

---

[11] Adeptos do *pótchviennitchestvo*, corrente do pensamento russo surgida nos anos 1860, ligada aos eslavófilos, que pregava a aproximação da classe alta com o povo e com suas origens russas.

"comerciante atípico", insatisfeito com o papel social que lhe cabe, descrente do futuro, atormentado pela consciência, remontam ao próprio desenvolvimento do capitalismo russo e europeu no fim do século. Na década de 1890, sociólogos russos observavam sinais de "apostasia" no círculo dos grandes capitalistas, por exemplo, na família Rothschild. Além disso, são lembradas as seguintes palavras de Tchekhov ao escritor Ivan Búnin: "mujiques e comerciantes estão se degenerando rapidamente. Leia uma hora dessas a minha novela *Três anos*".

Não só o contexto geral, mas também aspectos pontuais fixam a novela no espaço e no tempo russo de final do século. Reconhecidos imediatamente pelos contemporâneos de Tchekhov e compilados nos textos de resenhistas e críticos, esses detalhes incluem lugares, eventos, personalidades. No cotidiano da família Láptiev, há referências a episódios da vida cultural de Moscou e São Petersburgo. A partir de 1883, por exemplo, Anton Rubinstein mais de uma vez regeu a *Nona Sinfonia* de Beethoven em reuniões da Sociedade Musical Russa. É provável que o concerto a que assiste Rassúdina no capítulo VII seja uma referência a essas apresentações. Em outra passagem, personagens citam casualmente a encenação de uma tragédia de Schiller, *A donzela de Orleans*, com M. N. Iermôlova no papel principal. A peça foi de fato levada ao palco em 1884, no teatro Máli. Em 16 de março de 1891, Tchekhov contou à irmã que, numa exposição itinerante, um quadro de Isaac Levitan (1860-1900) estava causando furor. Tratava-se da XIX Exposição realizada em Petersburgo e Moscou, em 1891. O quadro de que fala Tchekhov é o *Refúgio silencioso*, primeiro trabalho reconhecido do pintor. Na ficção, na visita da família Láptiev a uma exposição de quadros, Iúlia fica algum tempo olhando uma pequena paisagem que, de modo geral, lembra o *Refúgio silencioso*, apesar de destacadas diferenças. Como de costume, Tchekhov elimina do protótipo alguma particularidade, acrescenta outras e, assim, tanto afasta quanto aproxima a ficção da realidade. Segundo V. Pritkov, Tchekhov teria combinado dois quadros de Levitan, *Refúgio silencioso* e *Sombras vespertinas*.[12]

A referência aos representantes russos do decadentismo também reflete a realidade da época. Em 1894, foram lançadas duas primeiras edições de poesia simbolista, despertando grande polêmica na imprensa. Ao longo de toda a novela, aparecem discussões acirradas nos círculos da *intelligentsia* russa, com temas próprios daquele momento: o progresso social e as perspectivas de eliminação das desigualdades entre as classes, a relação entre a arte e as aspirações da época. A questão da tendenciosidade da literatura ficcional, levantada pelo pensamento estético europeu de 1880 e 1890, também alimentava os artigos dos publicistas.

Parafraseando o que Korniéi Tchukóvski afirmou a respeito dos contos tchekhovianos, podemos dizer que *Três anos*, apesar de deter-se no mundo interior aparentemente estagnado de Aleksei Láptiev, consiste numa "enciclopédia do cotidiano russo dos anos de 1880 e 1890".[13] E a principal contribuição de Tchekhov para a discussão dos grandes temas nacionais está justamente na colocação do problema, como ele próprio pregou em carta a Suvórin: "Ao exigir de um artista uma atitude consciente para com o seu trabalho, você está certo, mas está misturando dois conceitos: *a solução do problema e a colocação correta do problema*. Só o segun-

---

[12] V. Pritkov, *Tchekhov i Levitan*, Moscou, 1948, p. 9. Citado nas notas à edição russa de *Três anos*.

[13] "Tchekhov" em *Contemporâneos*, da coleção A Vida de Pessoas Notavéis, Moscou, Molodaia Gvárdia, 1967, disponível em http://www.chukfamily.ru/Kornei/Prosa/Chekov.htm. Consulta feita em 1/7/2013.

do é obrigação do artista. Em *Anna Kariênina* e no *Ievguêni Oniéguin* não há resolução de nenhum problema, mas essas obras são plenamente gratificantes, simplesmente porque, em ambas, os problemas foram colocados corretamente. Ao juiz cabe colocar corretamente a questão, os jurados que decidam, cada um a seu modo".[14]

QUADRO FAMILIAR

> "Linhagem notável! [...]
> O que nos deu essa sua linhagem notável?"
>
> Láptiev ao irmão, em *Três anos*

Aleksei, Fiódor e Nina são os descendentes do proprietário da firma "Fiódor Láptiev e filhos". O primeiro tem aversão aos negócios do pai, o segundo acaba num manicômio, Nina morre de câncer, deixando duas filhas ainda pequenas. Da mãe, só se diz de passagem que vivia acuada pela agressividade do marido e morreu depois de uma doença prolongada.

Iúlia é a descendente de Serguei Boríssitch, "médico extraordinariamente suscetível", que ri de si próprio, considera-se explorado e desrespeitado pelas pessoas, além de ridicularizado pelos colegas. Mãe, Iúlia "não tinha há muito tempo", e o pai a deixava desconfortável, era incapaz de compreendê-la.

Sacha e Lida, netas de Fiódor Láptiev, filhas de Nina, perdem a mãe ainda pequenas e vão morar na casa do tio. O pai, como era do conhecimento de todos na cidade de pro-

---

[14] A. P. Tchekhov, *Cartas a Suvórin, 1886-1891*, introdução, tradução e notas de Aurora Fornoni Bernardini e Homero Freitas de Andrade, São Paulo, Edusp, 2002, pp. 91-2.

víncia, arranjara outra família e, antes da morte da esposa, já "vivia às claras" com ela.

Ólia, a única filha de Iúlia e Aleksei, morre ainda criança. A descrição de sua morte é tão fugaz quanto a sua aparição na novela: "passados mais cinco dias, chegou a notícia de que Lida e Iúlia estavam melhorando, mas a criança morrera, e os Láptiev apressaram-se a deixar a datcha em Sokólniki".

Desses quatro principais núcleos familiares de *Três anos*, nenhum se apresenta como modelo de lar. Todos padecem de uma espécie de síndrome da esterilidade, impossibilitados de gerar um ambiente positivo e frutífero. Conhecendo detalhes da infância de Tchekhov, o editor e crítico Aleksei Suvórin percebeu traços comuns entre Fiódor Stepánitch Láptiev e o pai do autor, também comerciante e severo ao extremo com os filhos. Em carta de 21 de abril de 1895, respondendo o comentário do amigo, Tchekhov objetou que seu pai não se parecia com o personagem, pois permanecera o mesmo a vida toda. Reconhecida ou não pelo autor, a relação entre realidade e ficção tem sido apontada pelos críticos e abrange também a obsessão dos pais, ficcional e real, pela ostentação de uma devoção religiosa de fachada. Questionado sobre esse aspecto, Tchekhov afirmou ser compreensível a aversão dos jovens comerciantes à religião. "Se na infância você também tivesse sido surrado por causa dela, então compreenderia tudo isso", escreveu a Suvórin.

Na ficção, o produto da agressividade e insensibilidade do pai é um filho passivo, sempre em ritmo de espera. No primeiro parágrafo, ele está em um banquinho, aguardando o fim das vésperas para puxar conversa com Iúlia. Ali tudo depende do destino, da sorte, da vontade da mulher, das circunstâncias, e essa atmosfera reproduz o ritmo geral da vida de Láptiev, um homem inativo não por escolha, mas por falta de convicção, por inabilidade. Em suas reflexões, o personagem reconhece a inadequação de seu próprio comportamento no ambiente social. Por exemplo, quando se declara a Iúlia e, logo em seguida, zomba de si mesmo: "Daria tudo: exatamente como um comerciante. Precisam muito mesmo desse seu *tudo*!". Numa discussão acalorada com o irmão, descreve-se: "Olhe para mim... nenhuma flexibilidade, nem coragem, nem força de vontade; tenho medo a cada passo, como se fossem me açoitar, fico intimidado diante de insignificantes, de idiotas".

Na relação com o pai, Láptiev mais uma vez se assemelha ao Missail da novela *Minha vida*. Para os dois personagens, o pai representa algo desagradável e desprezível. Para Aleksei, ver o pai, por si só, causa um mal-estar associado a sofrimentos do passado e do presente. Após a temporada no interior, o reencontro dos dois incomoda o filho: "A sua voz, a maneira de falar 'senhorita' produzia em Láptiev um estado de espírito desagradável, experimentado toda vez no armazém". Missail afirma amar o pai, mas tem "medo de olhar e ver que o pescoço grosso de meu pai vai ficando vermelho, como se à beira de um ataque". Ainda quando sente o desejo de abraçá-lo, acaba paralisado pela imagem do produto do trabalho paterno: "Não sabia por que tinha vindo procurar o meu pai, mas me lembro que, quando vi o seu rosto chupado, o pescoço vermelho e a sua sombra na parede, tive vontade de lançar-me a seus braços e, como ensinara Aksínia, fazer-lhe uma reverência profunda; no entanto, a visão da datcha com janelas góticas e a torre grossa me conteve".

Outro aspecto em que Aleksei e Missail se assemelham é no modo como são vistos pela sociedade. Quando Kóstia argumenta com Iúlia que pessoas como o marido dela são maravilhosas, "mas não servem de nada numa luta", "em geral, não servem de nada", e não há utilidade nenhuma "em sua bondade ou em sua inteligência", imediatamente lembramos o apelido de Missail, "alguma utilidade", comparando-o à moeda de um copeque que um comprador lhe pagara por um estorninho.

Se, em muitos sentidos, Láptiev e Póloznev são parecidos, por outro é interessante observar o tratamento específico que o escritor lhes devota, dando-lhes vozes diferenciadas. Póloznev teve o prestígio de uma narrativa em primeira pessoa, que destaca justamente o seu caráter ativo, como homem que possui uma concepção de vida e está disposto a segui-la. Já a história de Láptiev é contada por um narrador em terceira pessoa, que reforça o caráter titubeante e pusilânime do protagonista. Em alguns momentos, o narrador onisciente penetra na consciência de Láptiev e a expõe ao leitor, como após o longo monólogo a respeito do sonho de abrir um albergue noturno: "Sentia-se envergonhado por ter acabado de falar de medicina e do albergue noturno, horrorizava-se ao pensar que no dia seguinte não teria bastante caráter e de novo tentaria vê-la e falar com ela e ainda outra vez se convenceria de que era um estranho para ela. E depois de amanhã, a mesma coisa. Para quê? Quando e como tudo isso terminaria?".

No final do conto "Homem num estojo", Ivan Ivânitch compara a própria vida ao "estojo" em que vivia o recém-falecido Biélikov, cuja personalidade incluía "uma tendência constante e invencível de cercar-se por uma membrana, de criar para si, por assim dizer, um estojo, que o isolasse e o defendesse contra influências externas".[15] A morte de Biélikov leva Ivan a questionar se a vida que levavam na cidade, sem espaço, numa atmosfera abafada, escrevendo papéis desnecessários e jogando uíste, não seria também um estojo. O questionamento serve bem a Láptiev: não seria a vida em

---

[15] A. P. Tchekhov, *A dama do cachorrinho e outros contos*, tradução de Boris Schnaiderman, São Paulo, Editora 34, 1999, p. 298.

Moscou, administrando os negócios da família, um estojo, criado para "protegê-lo" do sonho de "sair para não voltar nunca mais"? Não seria essa representação de sua própria sepultura, análoga à impressão que lhe causava o armazém escuro, onde por fim se viu obrigado a permanecer?

# SOBRE O AUTOR

Anton Pávlovitch Tchekhov nasce na cidade portuária de Taganrog, sul da Rússia, a 29 de janeiro de 1860. O pai, Pável Iegórovitch, é um humilde comerciante local. Filho de servos, sua violência e severidade causariam grande impacto na personalidade e na obra de Tchekhov. Em 1876, em função de pesadas dívidas, Pável muda-se para Moscou com seus dois filhos mais velhos. O jovem Anton permanece em Taganrog para completar os estudos. Nesse período, lê com afinco clássicos da literatura russa e ocidental e escreve sua primeira peça, *Os sem-pai* (também conhecida como *Platonov*, 1881).

Em 1879, ingressa na Faculdade de Medicina da Universidade de Moscou e passa a publicar pequenos textos em periódicos moscovitas, geralmente sob pseudônimo. Com o dinheiro arrecadado, sustenta a família e cobre todas as despesas estudantis. Obtém, em 1884, o diploma universitário, mesmo ano em que publica a coletânea *Contos de Melpômene*. Passa então a trabalhar como médico, ocupação esta que lhe proporciona apenas um escasso retorno financeiro. Sua fama como contista, porém, cresce continuamente, e em 1886 passa a escrever para a revista *Nóvoie Vrêmia* (*Novo Tempo*), do milionário Aleksei Suvórin. Em 1887, em função de uma recém-descoberta tuberculose, empreende uma viagem à Ucrânia e ao Cáucaso que o motiva a tentar escrever, pela primeira vez, uma narrativa mais longa, a novela *A estepe* (1888). No mesmo ano, escreve a peça *Ivánov*, que obtém grande sucesso.

A morte do irmão Nikolai, em 1889, abala Tchekhov profundamente e torna-se um dos motivos pelos quais decide-se a empreender, no ano seguinte, uma longa viagem até Sacalina para participar de um censo entre prisioneiros de colônias penais. A experiência de quase três meses ecoa tanto em seu relato *A ilha de Sacalina* quanto no conto "O assassinato" (ambos de 1895). Em 1892, Tchekhov muda-se para a pequena vila de Miélikhovo, ao sul de Moscou, onde viveria até 1899. Ao longo dos sete anos que passa na região, contribui com donativos para a construção de hospitais e escolas, além de atuar, sem remuneração, como médico. A miséria em que viviam os camponeses de Miélikhovo influenciariam diversos escritos de Tchekhov desse período, em especial a novela *Minha vida* (1896) e o conto "Os mujiques" (1897).

Em 1894, começa a escrever a peça *A gaivota*, cuja estreia, em 1896, seria um imenso fracasso. Montada novamente em 1898, porém — desta vez por Stanislavski e Nemiróvitch-Dántchenko —, a peça obtém um grande êxito, o que levaria o Teatro de Arte de Moscou a encomendar mais peças para Tchekhov. Dessa nova safra, surgem *Tio Vânia* (1897), *Três irmãs* (1901) e *O jardim das cerejeiras* (1904).

Após a morte do pai, em 1898, adquire uma vila na cidade de Ialta, na Crimeia, para onde se muda no ano seguinte por conta da piora de seu quadro de saúde. Lá, Tchekhov escreve um de seus mais famosos contos, "A dama do cachorrinho" (1899), e recebe as constantes visitas de Maksim Górki e Lev Tolstói. Manifesta, porém, com frequência, seu desejo de retornar a Moscou.

Em maio de 1901, casa-se com a atriz Olga Knipper. O relacionamento é mantido à distância, já que Tchekhov permanece em Ialta enquanto a esposa persegue sua carreira em Moscou. Mas é com Olga que Tchekhov parte, em junho de 1904, para a cidade de Badenweiler, na Alemanha, numa última tentativa de curar a tuberculose crônica. A despeito do bom humor de suas últimas cartas para a família, sucumbe à doença e falece em 15 de julho de 1904.

# SOBRE A TRADUTORA

Denise Regina de Sales é professora de Língua e Literatura Russas na Universidade Federal do Rio Grande do Sul. Doutorou-se em Literatura e Cultura Russa pela Universidade de São Paulo, em 2011, com a tese "A sátira de Saltykov-Schedrin em *História de uma cidade*". Em 2005, também na Universidade de São Paulo, defendeu a dissertação de mestrado "A sátira e o humor nos contos de Mikhail Zóchtchenko". Graduada em Comunicação Social (Jornalismo) pela Universidade Federal de Minas Gerais, de 1996 a 1998 trabalhou na Rádio Estatal de Moscou como repórter, locutora e tradutora. Publicou diversas traduções, entre elas a peça *O urso*, de Anton Tchekhov (no volume *Os males do tabaco e outras peças em um ato*, Ateliê, 2001), o conto "Vii", de Nikolai Gógol (em *Caninos: antologia do vampiro literário*, Berlendis & Vertecchia, 2010), as novelas *Minha vida* (2011) e *Três anos* (2013), de Tchekhov (Editora 34), a reunião de contos de Nikolai Leskov *A fraude e outras histórias* (Editora 34, 2012), o primeiro volume dos *Contos de Kolimá*, de Varlam Chalámov (com Elena Vasilevich, Editora 34, 2015) e a peça *Tempestade*, de Aleksandr Ostróvski (Peixoto Neto, 2016). Traduziu também diversos textos para a *Nova antologia do conto russo* (2011) e para a *Antologia do pensamento crítico russo* (2013), ambas organizadas por Bruno Barretto Gomide e lançadas pela Editora 34.

Este livro foi composto em Sabon, pela Bracher & Malta, com CTP da New Print e impressão da Graphium em papel Pólen Soft 80 g/m² da Cia. Suzano de Papel e Celulose para a Editora 34, em junho de 2018.